居残り方治、憂き世笛

鵜狩三善　Mitsuyoshi Ukari

アルファポリス文庫

http://www.alphapolis.co.jp/

目次

徒花菖蒲

笛鳴らしの方治《ほうじ》といえば、この遊里に知れ渡る名だ。その身の上は篠田屋《しのだや》の居残りである。

居残りとは遊びの金が支払えず、妓楼《ぎろう》に留め置かれた客をいう。つまりは食い逃げの逃げ損ないであり、実に見下げ果てた輩というわけだ。

しかしながらこの方治、少しも悪びれるところがない。

文無しと知られるなり、「金の入る当ても金を持った知己《ちき》もない」と嘯《うそぶ》いて、店の雑用をするからそれであいこにしろと図太く居直ったのである。どの妓楼でも袋叩きの上に桶伏せに処すであろう口上だが、これを切った先が篠田屋というのがまた極めつきだった。

篠田屋の元締めは、名を榎木三十日衛門《えのきみそかえもん》という。

鶴のように痩せた老人で、縁側で猫を抱くのが似合いな見かけをした人物である。

だが、ただの好々爺《こうこうや》が、忘八《ぼうはち》として幅を利かせられるはずもない。

この三十日衛門、相沢藩《あいざわはん》の先代藩主が行った一大改革に素早く食い込み、二本差しが口を挟めぬうちに色街を築き上げたという傑物だった。里の者からは「御前」「御前様」と尊称される人物である。店構えこそ小さいけれど、篠田屋はこの廓《くるわ》の生みの親の座所として一目も二目も置かれる存在だった。よりにもよってその看板に唾を吐きかけたのだ。方治の行く末は膾《なます》に叩かれ海に放られるばかりと見えた。

が、三十日衛門の一声《いっせい》が彼を救った。

一体この男のどこをどう気に入ったものか、老人は方治の要望を容《い》れるようにと周囲に命じたのだ。以来方治は、篠田屋に尻を据えて下働きを続けている。

二十といくつかの齢《よわい》に見えながら、使ってみるとこの男、恐ろしく多芸だった。薪《まき》を割っては風呂を焚《た》き、包丁を握っては小鉢を作る。痩せぎすの風貌からは意外なことに腕も立ったから、悪い客に用心棒として立ち回るのみならず、とうとう付き馬まで引き受けるようになった。付き馬とは方治のように、遊興の金を払えなかった者へ取立てを行う役柄である。

三十日衛門の気に入りというだけでなく、金勘定を任されるだけの信頼をたちまち築き上げてしまったわけだ。

それに留まらず、請われれば店の女たちへ読み書きに加え和歌まで教え、座敷に出ては芸を披露して場を盛り上げる。どこで習い覚えたのか殊《こと》に笛が巧みで、馴染みの客からは「是非あの居残りを呼んどくれ」と声がかかるほどだった。

挙句、病人怪我人があればちょっとした医者の真似事までするものだから、妓楼《ぎろう》の者からはいつしか「先生」などと呼び親しまれ、

「先生は一体、いつになったら年季が明けるんだい？」

「知ーらねェよう。あのおっかねェ遣手《やりて》に訊いてくんな」

そんな軽口を叩き合うほど身内扱いをされていた。あまりに長く居着きすぎ、最早住み込みと遜色がない。

また方治は、女たちの愚痴聞きでもあった。

あるいは苦界《くがい》へ身を落とすまでの恨みつらみを、あるいは客や同僚に対する憤懣《ふんまん》遣る方無い思いを、黙って聞いて頷いて、その心を平らかにする。

元々は昼過ぎ、客のない刻限に行っていたこの仕業に集《つど》う者は日々増して、今では夜を通して心の奥底を訴えるべく、方治に買われる女まで出る始末だった。

無論、居残りの方治に金があろうはずもない。

彼に買われるというのはつまり、女の側が方治に小遣いを渡し、それで我が身を購《あがな》

わせる格好になる。何でも屋の先生に酌をしてもらい、自由気ままに誰憚《はばか》らず囀《さえず》って、抱かれるではなくただ寝付くまで傍に居てもらう。もてなす側がもてなされる側に回り、ぐっすりと一晩眠る。

　そうした時間のためならば、自身の揚げ代程度は惜しまぬ女が少なからずいたのだ。店の者同士の関係は好まれないことだが、方治はあくまで居残りであり、客である。問題はないという言い抜けだった。

　その日、方治が城下を訪《おとな》ったのも、言うなれば雑用のためだった。女たちに頼まれたささやかな買い物を済ますついでに、研ぎ屋に渡した差料《さしりょう》を受け取ろうというのである。

『近々ね、御前が笛を所望になるよ』

　篠田屋で遣手を務める志乃《しの》に、そう囁かれていた。

　遣手とは妓楼の女たちを取り仕切り、客流れを円滑にする役割の者をいう。多くは三十を前に年季の明けた遊女上がりが就いたが、彼女は例外だった。人あしらいの手腕を見込まれ、若くして遣手に就いたのである。

　志乃は無表情で無感情な、愛想など欠片も持たない女だ。臥所《ふしど》であってもその素っ気無さは変わらず、男がいくら躍起《やっき》になろうと恬然《てんぜん》として崩れないという。だが所作のひとつひとつが恐ろしく婀娜《あだ》だった。気だるく冷めたその声の、かすれすらも艶めいている。

それゆえか、熱狂的な客が多くついた。この女をどうにか乱れさせてやろうと男たちは夢中になったのだ。当然彼女の落籍の折には、やっかみとして「三十日衛門が妾《めかけ》として囲うのだ」などといった風聞も流れた。

が、見当違いだと方治は見ている。この両名の親しさは、男女の間のそれではない。むしろ三十日衛門は、志乃の怜悧《れいり》さを買って手元に置いたのであろう。その証拠に志乃は、三十日衛門よりも楼主然として篠田屋を束ねるようになっていた。肝も知恵も一入《ひとしお》である。方治が刀の研ぎを頼んだのは、この遣手《やりて》の一声《ひとこえ》を受けてだった。

「おーっかねェ女だよ」

節をつけて歌うように剽《ひょう》げ、軽く首をすくめつつ方治は行く。

城を囲む形で武家屋敷と寺社、次いで町人町が輪を成すのが相沢藩の町割りだ。この最外周には徒士《かち》や足軽といった下級武士たちの住まいが設けられていた。一朝事《いっちょうこと》あらばすぐさま立ち、領民の守りとなるべくの配置である。

篠田屋を含めた色里は、この守りの壁の外にあった。

街道と湊《みなと》の一大改革に着手した先代藩主のお陰で、相沢藩は一躍《いちやく》交通の要《かなめ》となった。近隣の物資のおおよそはここに集められ、ここより流れる。荷が集まれば人が集まるのが常であり、商人とその雇われ、そして旅人の落とす金銭で藩の台所は大いに潤った。

しかし同時に問題も噴出した。

何よりも著《いちじる》しかったのは治安の乱れである。乱立した旅籠《はたご》の客引きが人を奪い合って騒動を起こし、そこかしこで当然のように春がひさがれ、賭場《とば》が開かれた。刃傷沙汰までもが日常となりかけた頃合に顔を出したのが、榎木三十日衛門である。如何《いか》なる伝手《つて》を用いてか、彼は藩の認可を取り付け、城下から離れた過疎地を貰い受けた。これに金を出して人を住まわせ、やがて三十日衛門は現在の色里の基礎を作り上げた。そうして、人を目当てとした娯楽のほとんどがここへ遷《うつ》されたのである。病巣の摘出さながらの処置であり、藩に属しながらも半ば藩の管轄外という遊郭の位置づけを象徴する立地だった。

このため遊里で済まない用事があれば、はるばる城下まで足を運ばねばならない。まだ暑気の残る孟秋《もうしゅう》（陰暦七月。新暦では八月上旬から九月上旬頃をいう）の晴天を仰いで、方治は恨めしく汗を拭った。横手でわっと騒動の声が湧いたのは、その拍子である。

何事かと目をやれば、見えたのは白刃《しらは》を抜いて対峙する三人の姿だった。ふたりの男が、残るひとりを塀の間際に追い詰めている構図だ。優位にある側のふたりは、大小を腰に帯びる武士だった。他藩の藩士であろう。相沢藩の人間ではないと見当をつけたのは、彼らの装《よそお》いが土埃に塗《まみ》れているからだ。

侍である他にさしたる印象のない両名に対し、残るひとりが振るっている。それは若衆形《なり》に作った娘だった。歳の頃は十四、五であろうか。若衆形と述べたが、あくまでらしく作った格好である。前髪は落とさず中剃りもせず、髷《まげ》の代わりに後ろ髪を高く結い上げ、勇ましい具合に仕立てている。纏《まと》うのは死装束の如き白小袖。窮地に陥りながら、凛と正面に目を据えた顔《かんばせ》にも青眼の小太刀にも、怯えは見えない。

感心して、方治は片眉を上げた。

板の間の鍛錬で心胆は磨けない。大の男でも、いざ斬り合いとなれば息が詰まり目が眩《くら》み、身がすくむ。だがこの娘は悠々と呼吸をしているようだった。齢《よわい》に似合わず、構えもいたくさまになっている。遠巻きに物見の輪が出来上がりつつあるのも、大半がこの娘に目を惹かれてのことだろう。

「これが最後だ。北里《きたざと》へ戻れ。お上《かみ》にも慈悲はある」

見物の中心で、侍の一方が唸るように言った。北里とは相沢の隣藩の名である。彼の面持ちからは、他藩で揉め事を起こした後ろめたさと焦りが如実《にょじつ》に窺えた。主家を告げることで、群衆に己の正当性を誇示する思惑であったのだろう。

「断る」

一方、娘の応《いら》えは強く短い。そこに宿る不退転の意志を察して、方治は首を横に振った。

構えこそ立派だが、二対一では無理だ。頑《かたく》なに拒まれ、相手方も歯止めを失いかけている。じきに刃が閃《ひらめ》き、腕を失くすか足を失うか、いずれにしろ娘にとって無残な結果が訪れよう。そうとわかって終いまで見届けるほど悪趣味ではない。

だが方治が踵《きびす》を返しかけたその時、娘が続けた。

「お上？　違うだろう、椿組《つばきぐみ》。今のお前たちの主も、私を捕らえたいのも王子屋《おうじや》だ。私はあれには屈さない。絶対にだ。どうあろうと――」

静かに燃える火のような声音の中途で、侍たちが頷き合う。押し問答を続けるよりも、暴力での解決を選択する仕草だった。人は人を呼ぶ。そして彼らにとって、今以上に衆目が集まるのは望ましからぬことなのだ。

「どうあろうと、私は父の敵《かたき》を討ってみせる！」

男たちがそれぞれ構えを変える。ひとりは娘と同じ青眼。もうひとりは上段。一方が動きを縛り、もう一方が斬り込もうという形だった。多人数で押し包むやり方に慣れている。それを見て取って、娘もわずかに腰を落とした。

場の空気が張り詰め、強く殺気が満ちた。双方の剣が陽光を映してぎらりと輝く。血飛沫《ちしぶき》の予感に、高みの見物を決め込んでいた群衆がより一層その輪を広げる。

が、予想が現実に変わる寸前、両者の間にひとつの影が割り入った。

「……ああ、くそ」

人垣を押しのけて間に立ち、そこで我に返ってがりがりと頭を掻くのは笛鳴らしである。しくじりを悔いる挙措《きょそ》からも明白なように、これは思惑があってしたことではなかった。娘の言葉を聞いたがゆえに取った、ほとんど反射のような行動である。

しかし、だからといって今更引ける状況ではない。一瞬気を呑まれた男たちだったが、闖入者《ちんにゅうしゃ》が娘を背《せな》に庇うのを見て、尚更頭に血を上らせている。

「退《の》け、痩せ犬！」

「邪魔立てならば容赦はせんぞ！」

切っ先が方治へ向いた。彼らの悪罵《あくば》の通り、方治は痩せぎすと見える風貌である。背丈は低くもないが高くもなく、月代《さかやき》も剃らず無造作に首の後ろで括った長髪とよれた着流しは、身汚いとまではいかないものの、無宿浪人以外の何者とも思えない。よって、斬って後腐れのない相手と男たちは見た。その骸《むくろ》は、改めて娘を脅しつけるのに手頃だろうと踏んだのだ。

「やーれやれ」

矛先を転じられ、方治もまた腹を括った。自嘲を含んで歌い、転瞬、腰の長脇差をすっぱ抜く。垂らした腕がちかりと動いたと思ったら、もうそこに白刃が握られている。見物《みもの》連中があっと叫んで退《しりぞ》くほどに、水際立った手並みだった。

「どこのどなた様かは知らねェが、天下の往来でどういう振る舞いだい？」

「……黙れ。これは藩の仕置きに関わること。浪人風情が口を挟むでない！」

嘲弄《ちょうろう》に吠え返すが、彼らの顔は蒼白だった。どちらも武を練っているだけに、方治の抜刀の凄まじさを直感している。

「内輪揉めを他所《よそ》に持ち出して居直りか。ご大層なこった」

方治は鼻で笑う。男たちが気色ばんだ一瞬の隙を盗み、持ち直した刀を自身の左手の土に刺した。研ぎの間《ま》の代理として借り受けた数打ちである。ぞんざいに扱って惜しくもない。続けて、腰から鞘を抜いた。方治は木の枝をぶら下げた子供のように、片手に握った鞘尻でからからと地面を擦《す》りつつ向き直り、

「で？　刀を抜いて、回すのは舌だけかい？」

侍たちは動けない。状況は二対一。眼前の男は腕の立つ様子だが、数を利として同時にかかれば討てぬ相手ではないだろう。

が、できない。地に突き立った脇差が絶妙の防壁となっている。斬るにしろ崩すにしろ、この障害のために動作は必ず遅滞する。となれば出来上がるのは二対一の構図ではない。繰り返される二度の一対一だ。そして両名のどちらも、真っ向勝負で方治を下せる確信を持たなかった。加えて、娘の存在がある。技量は未熟だが、決して武の素人《しろうと》ではない。必ずや機に乗じて、この浪人者へ加勢することだろう。そうなった場合の趨勢《すうせい》は明白だった。

気圧されたふたりの額に汗が滲む。ちらりと互いに見交わした刹那《せつな》、方治が動いた。

繰り出されたのは片手薙《な》ぎのひと振り。鞘打ちなれども恐ろしい速度が首元へ迫るのを知覚して、狙われた側の侍は、咄嗟に顔の横で刀を立てる。受けた、と思った。同時にそこへ勝ちを見た。方治が握るのは鞘である。当然、鍔《つば》を備えない。ならば後は、そのまま相手の拳へ刃を滑らせてやるだけでいい。鞘を放さねば指が落ち、放せば得物を失う。脇差を用いなかった傲慢《ごうまん》が敗因だと心で笑った。

けれど、そうはならなかった。

男は、自らの剣を方治の一撃の中途――力と速度の乗り切らない、運動の不完全な過程に割り込ませたと信じた。だが、違う。方治の一打は、端《はな》から男の刀を到達点として精妙に狙い澄ましたものである。存分に加速した打擲《ちょうちゃく》は受け太刀を強く弾き、そこから更に跳ねた。

ちょうど、川面を切る石のように。

跳ねて、薙ぎの軌跡を突きへと変じた。こじ開けた間隙《かんげき》を正確に縫い、鞘尻が喉元へ突き込まれる。もしこれが刀身であったなら、まず切っ先が首の肉を抉《えぐ》り、次いで寝かせた刃がぱっくりと喉笛を斬り開いていたことだろう。

もんどりを打つように男が倒れる。倒れて、猛烈に咳き込みのたうった。鞘なればこそ命を拾ったものの、しばらくは唾を呑むにも痛苦を伴うに違いなかった。

「……さて。さてさて、どうするね？」

その醜態《しゅうたい》には目もくれず、方治はもう一方の男へと囁く。

「今尻尾を巻けば、ちょっとした喧嘩ってことで済む。だがよ、まーだ文《あや》つけようってんなら――」

言葉を切ると、方治は鞘を左手に持ち替え、無造作に腕を伸ばして地面の脇差を引き抜いた。明らかな体《たい》の崩れであり隙だったが、残る男は先の一合を見せつけられている。動くに動けない。笛鳴らしは脇差をひと振りして風を斬り、じろりと睨《ね》めた。

「こっから先は、死に損だぜ？」

告げられた男は刀を投げ捨てるや同輩を抱え起こし、肩を貸してよたよたと逃げていく。後ろも見ず捨て台詞もない、徹底した遁走《とんそう》ぶりだった。

彼らの背が遠ざかったところで、周囲がわっと快哉《かいさい》を叫んだ。情として、娘の味方が多かったのだろう。だが方治はその只中で仏頂面である。見物《みもの》はするが、見世物になるのは御免だった。早く散れとばかりに犬でも払うような手振りをして、刀身の土を払う。それを鞘に収め、踵《きびす》を返す中途へ駆け寄ったのが白装束の娘である。

「かたじけない。ご助勢、感謝する」

彼女は体をふたつに折って丁寧な礼をし、「失礼でなければ」と続けた。

「言葉ばかりでなく、金子《きんす》でも気持ちを示したいと思う。もしよければ、しばし同道願えないだろうか」

きっぱりとした男言葉だったが、よく聞けば端々に少女らしい稚《いとけな》さが滲んでいる。

「生憎《あいにく》今は旅先で懐《ふところ》が軽い。でもこれから、父が昵懇《じっこん》にしていた人物を訪ねるところなんだ。事情を知っている人だから用立ててもらえる当てがある。それにひとりになれば、また王子屋の手が伸びてくるかもしれない。だからそこまで、私に付き添ってはもらえないだろうか」

なるほど、用心棒が欲しいってわけか。得心しながら、方治は断りの文句を考える。これ以上深入りするつもりはなかった。

「と、仰《おつしや》られてもよぅ。俺に遠出をする気はないぜ？」

だが娘は莞爾《かんじ》と笑う。

「心配無用だ。しばし、と言っただろう？　その人はこの先の遊郭に店を構えているんだ」

どうだろうか、と見上げてくる彼女の姿に、不思議な予感が閃いた。

「……その店ってのは、なんて名だい？」

「篠田屋だ。楼主の榎木三十日衛門という御仁と、父はとても親しくしていた」

笛鳴らしの腕前を恐れたのか、先のふたり以外に追手はいなかったのか。篠田屋までの道中で厄介は起こらなかった。

方治が店先で「着いたぜ」と振り返ると、八方に鋭く目を配っていた娘が、ほっと安堵の色を見せた。肝は大したものだが所詮は少女の齢《よわい》だ。双肩に重く、不安を感じていたのだろう。みるみる緊張を解くさまを微笑ましく眺めている自分に気づき、方

治は首を横に振る。そこへ、

「あら、せんせ。今お戻りですか？」

少し舌足らずに呼ばわる声がした。出入りの口から窺えば、居たのは篠田屋の局《つぼね》女郎のひとりである。

名を、おこうという。生まれが商家だとかで、出自の通り学問ができた。方治と同じく女郎たちへ読み書きや和歌を教える側であり、付き合いも心持ち気安い。

しかし、その親交の分だけ、方治はおこうの頑《かたく》なさも承知している。決して他人を拒む性根ではない。冷たく知性が先立つ顔立ちは志乃に似ているが、遣手《やりて》よりずっと愛嬌がある。冗談を言い交わしもするし、親身に同僚の相談へ乗りもする。童めいた部分を備えていて、他愛ない悪戯《いたずら》を仕掛けることもある。けれど彼女は、常にどこか怯えの気配を纏《まと》っていた。誰にも立ち入らせない領域を、胸の奥底に秘めているのだ。

その象徴が、長く垂らした前髪であろう。御簾《みす》めいたこれが隠すのは涼しげな目元ではない。額に残る火傷《やけど》のひきつれだ。訳ありなのは瞭然《りょうぜん》だったが、おこうの詳《つまび》らかな前歴は誰も——三十日衛門ですら知らぬのだという。遊里の水に馴染まない張り詰めた在りようは閨《ねや》でも変わらず、そこが庇護と嗜虐《しぎゃく》、双方の心を掻き立てるのだと囃《はや》される女だった。

「なんだい、おこう。まるでお出迎えだなァ。もしや俺にほの字かい？」

まさかこちらを待ち受けていたわけではあるまいが、娘を招き入れんとしたところへ、随分と折良い顔出しである。

「やっと気づいてくださったんですか？　ええ、ずっとせんせをお慕いしてたんですよ。だからお顔が見えないと、寂しくって居ても立ってもいられないんです」

調子よくおこうも応じて、やわらかに笑んだ。

「おいおい、居残りに手管を使ってどうするんだよ。そういうのは、甲斐性のある若旦那に仕掛けな」

「ざーんねん、です。見破られてしまいました」

方治を真似て節をつけて言ってから、おこうはちらりと舌を出す。そこで「あ」と驚きの声を漏らして口を押さえた。方治の陰にいた娘に、ようやく気づいたのだ。

「あ、ええと。先生、そちらは？」

含羞《がんしゅう》の素振りをしつつ、口調を改めておこうが問う。一刀を帯び男めかしてはいるが、娘の細くまろやかな体つきは紛れもなく少女のものである。如何《いか》にも奇態で、同時に仔細ありげだった。おこうが訝《いぶか》しむのも無理はない。

「ああ、はじめまして。私は――」

「御前のお客様だよ。下がりな、おこう。あんたの領分じゃあない」

一礼して述べかけた娘の言を遮ったのは、淡々とした、しかし鋭い声である。篠田屋の遣手《やりて》のものだった。風変わりの客が三十日衛門を訪れるのは、ままあることである。ひとまず納得をしたおこうは三方に会釈をして引き下がり、それを見届けた志乃は唇の端をほんの少しだけ動かした。それが彼女の微笑であると、方治は知っている。

「騒がしいからと来てみれば……まったく、手間のかからない先生だよ」

続く言葉が含むものを嗅ぎ取って、彼はすいと剣呑に目を細めた。

「てこたァよ、志乃。これが今回の工尺譜《こうしゃくふ》かい？」

方治が指で娘を示すと、志乃はすかさずその手を打った。

「無礼をおしじゃないよ。でも、まあそういうことさ」

こんなに早いご到着とは思わなかったけれど、と付け加え、煙管《きせる》を吸って煙《けむ》を吐く。

工尺譜とは今日で言う楽譜のことだ。三十日衛門の客人を方治がそう評した裏には、とある事情が横たわっている。

笛鳴らしの方治。

居残りとして知れ渡る彼だが、その実は、篠田屋に飼われる人斬りだ。笛鳴らしなる異名も器楽の達者たるに非《あら》ず、彼の使う斬法にこそ由来する。

綺麗どころを売り物にする妓楼《ぎろう》であるが、綺麗事ばかりでは立ち行かないのが世の中だ。三十日衛門が除くべきと見た命を闇中に奪う。それが今の方治の生業《なりわい》である。

方治が榎木三十日衛門と出会ったのは、二度目に故郷を離れてしばしが過ぎた頃だった。うら寂れた山道で、野盗が老人を囲むところへ行き合ったのが縁《えん》である。捨て鉢になっていた方治は躊躇《ためら》いなく命のやり取りに踏み込み、たちまち数人を斬った。追い剥ぎどもは恐れて逃げ散り、老人は日向《ひなた》ぼっこでもしているような笑顔でゆるりと一礼をした。

『これはこれは、助太刀をありがとうございます。太平の世で知られぬものは名刀の切れ味、勇士の肝であると申しますが、いやはやお見事』

如何《いか》にも大店《おおだな》の隠居といった風情で、方治もてっきりそう思った。なので供回りはどうしたのかと問うたのだが、三十日衛門はこれまた平然と、ひとり徒歩《かち》の旅だと答える。いい獲物と目星をつけられるのも当然だった。呆れ顔の方治に老人はまた笑んで、

『この辺りは物騒なようですな。どうですか。もしお急ぎでなければ、私の道中にお付き合い願えませんか』

元より目的がある旅ではなく、路銀も心許ない。方治はさしたる考えもなく、頷い

た。思えば、老人を殺して金を奪うという選択が浮かばぬお人好し具合を見抜かれていたのだろう。

年の功というものか、三十日衛門はいたく聞き上手だった。どうせ行きずりの関係と決め込んで、方治も愚痴のように身の上を語った。そうして流浪の経緯《いきさつ》を知ると、老人は方治を誘ったのだ。

『私はとある藩で妓楼《ぎろう》を営んでおりましてね。しがらみで色々と悪さをします。そういう時に、方治さんのような御人がいてくれると助かるのです』

茶飲み話めいた明け透けさで、彼は自分のための人斬りになれと告げてきたのである。

『世のため人のための仕業などとは申しませんし、申せません。私は善人じゃあございません。自分の周りさえ良ければと思うばかりの小悪党です。お天道様が人の営みを見下ろしているのなら、いずれ罰がありましょう。でもね』

三十日衛門は方治の佩刀《はいとう》を指し、静かに目を細めた。

『うちにいらっしゃれば、理由と理屈を差し上げます。気乗りのしない話であれば蹴ってくださって結構。窮して腕前をあたら腐らせるよりも、まだ気持ちよく人が斬れるはずですよ』

老人が暗に言う通り、方治の刀は野盗以外の血も吸っていた。食うために荒事を引き受けた結果である。いずれ心の箍《たが》が外れ、獣のように分別なく人を襲う日が来るのかもしれないと恐れる日も既に経《へ》た。そのように落ちぶれず、辛うじてでも人の枠に踏みとどまろうと願うなら、老人の提案は魅力的に思われた。

斯《か》くして方治は篠田屋を訪い、三十日衛門の提案通り居残りの身分となったのだ。巷《ちまた》が知る経緯《いきさつ》は、尾ひれ背びれを付けて流された虚構である。

おかしな店《たな》だと、当初は思ったものだ。

古くは平安の頃より、己の名を風雅に変えて名乗る例が遊女にはある。これは貴人と同衾《どうきん》しているのだと男に錯覚させるための手管だった。

この種の手練《てれん》の体現が、吉原《よしわら》の太夫であろう。彼女たちには客を振る自由があった。金で体を売るのでなく、惚れたから肌を重ねるのだという建前である。だから意に染まない男は一顧だにしない。至極つまらぬものとして知られる馴染みに至るまでの作法も、恋の体裁を作り、男をその中に耽溺させるためのやり口だった。別の名を用い、別の物語を営むことで夢を見せ、憂き世から乖離《かいり》した桃源郷を装うのだ。

だがこの店にはそれがない。太夫、格子といった類《たぐい》の格付けもせず、男も女もただ平等に、地続きのままにいる。

方治には、これがどうにも気に入らなかった。人と人との関わりなど、所詮は仮初めだ。自分に都合のいいものが見えれば近寄り、嫌なものが覗けば途端に離れる。どう衣《きぬ》を着せようと、それが人間だ。友情も愛情も信じられたものではない。親が子を捨てる、子が親を殺すなど、世にありふれた話である。まやかしを取り払ってなお人情の歯車を回す篠田屋は、方治にとっていささかならず据わりの悪い場所だった。

それでも腰を落ち着けていれば、人にも場所にも情が湧く。くるくると回って、やがて方治の方寸は、不安定なまま安定した。

——御前が笛を所望だよ。

これはそんな彼に因《ちな》んだ殺しの符丁であり、なればこそ方治は、刀を研ぎに出したのだ。つまり先ほどの工尺譜《こうしゃくふ》かとの問いは、此度の仕事を持ち込んだのがこの娘かどうかの確認だった。

「それじゃあよ……」

肯定を得て言葉を続けようとしたところで、からりと内所《ないしょ》の奥の襖が開く。

内所とは客と奉公人、双方の動きがよく見える位置に誂《あつら》えられた、いわば楼主の居間である。人が多く行き交う場だから、当然内々の話には向かない。よって土地の顔役を兼ねる三十日衛門は、密談のためのもう一間《ひとま》を隣接して設けていた。開いたのはその部屋の襖であり、そこから鶴のような老人が、にこにこと手招いている。

「参りましょう」

方治への応対とはまるで異なる慇懃《いんぎん》さで志乃が囁き、娘が頷いて進み入る。遣手《やりて》は次いで顎をしゃくって方治を促すと、最後に続いて襖を閉じた。入室したそれぞれが車座に腰を落ち着けるのを見計らい、三十日衛門は「よくいらっしゃいました」と深く頭《こうべ》を垂れる。少女へ向ける老人の目は、やわらかないたわりを湛《たた》えていた。

「こちらこそ、ご迷惑をおかけする」

応じて居住まいを正し、娘もまた口上を述べる。ふたりは、旧知であるようだった。二言三言で状況を確めると、三十日衛門は痛ましげに顔を歪めた。

「こうなった折のこと、全て承っております。旅塵も払わぬうちに恐縮ですが、つきましてはこのふたりへもあらましをお聞かせ願えますか」

「しかし……」

「ご懸念なく。私の身内です」

一瞬の瞑目《めいもく》ののち、娘は老人の言いにこくりと頷き、神妙な面持ちで口を開いた。

仔細あって名は明かせないが、娘は北里藩に仕える歴とした家柄の者だという。それが何故あのように追われる身となったかと言えば、原因は彼女の父にあった。

北里は、相沢の煽りを大きく受けた藩である。

相沢藩の街道整備によって、ごっそりと人の流れを奪われたのだ。たとえるなら、上流で川の流れを変えられてしまったようなものだった。人と物の往来は血流に似る。行き届かなくなった箇所はただ壊死《えし》していくより他にない。同様に、北里藩も逼迫《ひっぱく》した。収益は激減し、たちまちに台所は火の車となった。

そこへ現れたのが王子屋徳次郎《とくじろう》だ。

成り上がり者のこの男は巧妙に出元を分散させて、藩に金を貸し付けた。多額の負債が王子屋に集約されるものであると気づいた時にはもう遅く、徳次郎の毒牙はみっしりと藩政に食い込んでいた。

北里藩主、矢沢義信《やざわよしのぶ》は若くしてその政治手腕と果断な性格で知られた殿様である。彼が在藩であれば、このような跋扈《ばっこ》は許されなかったであろう。だが義信は長らく江戸に縛られ、北里にない。また合力して事態に当たるべき藩士の中に、王子屋の財力に惑わされた者が多くあった。

誰を信ずべきかもわからぬ状況は、あらゆる暗闇に鬼を見せる。反抗の足並みはいっかな揃わず、その間《かん》にも藩の借財は膨らみ続けた。

が、娘の父は諦めなかった。このままでは藩がこぞってひとりの商人に媚びへつらわねばならなくなる。何より、彼は徳次郎の所業と性根を知悉《ちしつ》していた。巧みにもみ消されてはいるが、王子屋一味の所業に泣く人は多い。これがますますのさばれば、北里の者は塗炭《とたん》の苦しみを味わうこととなろう。

彼女の父は単身、これに立ち向かうことを決意した。地道に、堅実に、伝手《つて》と縁を辿って信の置ける人物の目録を作り上げ、同時に王子屋徳次郎が為した悪行の数々を暴き出した。横暴な振る舞いと酷薄な仕業とを漏らさず記し、それらの全てを書状に認《したた》め、藩主のもとへ送らんとしたのである。

細心を払って極秘裡に進めた働きであったが、とうとうその魂胆を王子屋一派に報《しら》せる者が出た。あろうことかそれをしたのは彼の弟、娘にとっては叔父に当たる人物だった。

結果として父親は王子屋の子飼い、椿組と呼ばれる者たちの凶刃に倒れ、叔父は報奨として大枚を得た。今では王子屋一派の重鎮に収まっているという。

けれど、志《こころざし》は潰《つい》えなかった。反抗の首魁《しゅかい》を討ったと気を緩めた王子屋の目を盗み、娘は書状の写しを持って出奔したのである。『我が身に万一あらば篠田屋を頼れ』とは、予《かね》てより父から言い聞かされていたことだった……

「身命を賭《と》しても、私は父の志《こころざし》を遂げたい。とんだ厄介とは承知の上で、伏してご助力お願い申し上げる次第だ」

娘は丁寧に手をついて、一同に頭を下げた。

相沢の色里は眠らない。夜半過ぎまで遊興に耽る客があり、暁より早く発《た》つ旅人がいる。人目の絶える時刻がないのだ。登楼の折には、何者であろうと内所《ないしょ》に刀を預けるというしきたりもある。これらの条件が先に述べた篠田屋の特殊性と相まって、数や力を頼みとした無法は働き難く、身を守る地として秀でていた。

それゆえしばらくこの妓楼《ぎろう》へ身を潜め、藩主の帰りを待って駕籠訴《かごそ》を行うつもりなのだという。供先を切る無礼とはいえ、駕籠訴は作法化された正当な手段である。間《あいだ》に余人を介すことなく、書状は必ずや藩主の手に渡るであろう。

語られる理屈を、方治は半ば羨《うらや》みの心地で聞いている。

愛する肉親の死。信じた血族の裏切り。諸悪の根源たる敵《かたき》。そして、これら素晴らしい不幸に立ち向かわんとする、断固とした強い意志。いずれも彼の過去にはなかったものだ。

「どうですか、方治さん」

内にのみ向きかけた彼の意識を呼び戻すように、三十日衛門がやわらかな声をかけた。

「私はね、あなたにこの子を守って欲しいと思っているんですよ。いかがですか。仇《あだ》討ちの、手伝いをしてやってはくれませんか」

方治の過去を、三十日衛門は承知している。それだけに彼の物言いは、笛鳴らしの胸中に蟠《わだかま》る羨望を見透かしているかのようだった。

「……俺にそれを言うのかい？」

「ええ」

方治の目が底冷えのする光を灯す。だが老人は柳に風と受け流し、ただ柔和に笑んでいる。

榎木三十日衛門は善人ではない。だが同時に、悪党でもない。情義だけで厄介を抱え込みはしないが、損得だけでこのような振る舞いにも及ばない。

『無私無欲なんてね、お題目ですよ。善も悪も欲も徳も、兼ね備えてこそ人でしょう。徹頭徹尾の善意なんて、怖くて私は信じられませんよ。そこに人間がいる気がしません。だから私の生き方はね、人にも私にもちゃんと利が出る。そういうものにすると決めているんです』

かつて方治に、三十日衛門はこう語ったものである。

がりがりと頭を掻き、それから方治はごろりと大の字に転げた。根負けの意思表示だった。

「ただし、酒手は弾んでくれよ？」

「はいはい。もちろんですよ」

せめてもの意趣返しにと仰臥《ぎょうが》のまま念を押すと、返ってきたのは即座の了承である。孫に小遣いを渡すような気安さで、やり込められた心地がいよいよ強い。舌打ちをするそこへ、

「方治、方治」

名を呼びながら、膝でいざり寄ってきたのは白装束の娘だった。

交渉が結実し、余程に安堵したのだろう。見るからに緊張が解けている。上から顔を覗き込んでくる面持ちも、すっかり信頼しきった笑顔だった。同席するのが柔和な顔しか見せない三十日衛門と、能面めいて無表情な志乃である。このように真っ正直な感情の発露は、いっそ眩《まぶ》しいほどだった。

「おう、なんだい？」

気のない素振りで目を閉じて、方治は口だけの返答をする。犬猫の戯《じゃ》れだと思えば、

呼び捨てられても腹は立たない。

「お礼を言いたい。ありがとう！」

「まだ何もしちゃあいねェよ」

「いいや、もうしてくれたぞ。さっき方治が助けてくれなかったら、私はここへ来られなかった。今のはそれに対する感謝だ。心の中で手を合わせるだけよりも、やっぱりこういうものは口に出して伝えるべきだろう？　あ、もちろん方治が警護を引き受けてくれたのも嬉しく思っているぞ」

どうしたわけか、この娘は随分と自分に懐いているようだ。油断としか見えない親しみの表出に、方治はただ困惑する。まさか刃傷沙汰に割り込んだからというだけではあるまいが、では他に何がとなれば思い当たる節がない。腹中の企《たくら》みを疑うには、この娘は純朴が過ぎた。到底演技のできる人間ではない。

いずれにせよ、この年頃の気まぐれだろう。面倒くさくなった方治は、そう決め込んで手を振った。

「そうかい、そうかい。だが気にする必要はないぜ。俺からすりゃアただの仕事だ。拒めばおっかねェ遣手《やりて》に睨まれるからよぅ、仕方なく引き受けるってだけの話さ」

謝意を虫でも払うようにあしらわれて、娘はわずかに口を尖らす。だが次の瞬間、得心したふうに手を打った。

「ああ、なるほど。方治は恥ずかしがりなんだな」

「お前、なあ……」

方治は思わずがばりと起き上がり、しかし後に続ける言葉を思いつかずに口ごもる。

「いやはや、やはり方治さんに頼んで正解でしたな」

「本当に、御前の仰《おっしゃ》る通り。もう大分ご昵懇《じっこん》の様子ですからねえ」

「色男は得ですな。私もあやかりたいものだ」

横から志乃と三十日衛門にからかわれ、方治は渋面を作った。胡座《あぐら》をかき直してきょとんとした顔の娘を指さし、「それよりもよ」と話を逸らす。

「こちら様は一体なんとお呼びすりゃあいいんだい？　無礼無作法はお見逃しいただくにしても、オイだのコラだのと呼びつけるわけにもいかねェだろう」

「言われてみれば、確かにそうだ。何か呼ばれ方を考えないとだな」

「そうですな。何か考えないといけませんなあ、方治さん」

「先生のことだからねえ。口を切った以上は、腹案があるに決まっていますよ」

初めて思い至ったとばかりに大仰に頷く娘はさておくとして、残るふたりは明白に揶揄《やゆ》である。やり込められたまま、考えなしを白状するのは業腹だった。

「……菖蒲《あやめ》、ってのはどうだい？」

「女郎屋で花の名かい？」

思い付きを呟くと、志乃は無表情で安直を切り捨てた。が、三十日衛門は目元の皺をますます深めて笑う。

「いやいや、よろしいんじゃあありませんか。今の菖蒲《あやめ》は季節外れの徒花《あだばな》ですが、菖蒲《しょうぶ》と読めば別物になる。菖蒲《しょうぶ》は尚武に通じると申しますしな。お武家様の変名として面白いかと」

「おや。これはあたしの早合点だったね。ご見識じゃないか、先生」

綺麗に理屈をつけられて、「まァな」と方治は曖昧に頷いた。寝転んだ折に透かし欄間《らんま》の菖蒲《あやめ》が目に付いただけ、とは言い出せなくなった雰囲気である。いささか気が引けて娘を見やると、

「うん、気に入ったっ」

それこそぱっと花が咲くように、彼女は明るく破顔した。

「これからしばらく私は菖蒲だ。よろしく頼む」

もう一度手をついて、三方にきちんと頭を下げる。人の目を惹かずにおかないその陽性と若衆姿とを眺め、呑気な子供だと方治は思った。

この出で立ちでの道中は、さぞや周囲の視線を集めただろう。追っ手があるというのにお気楽なことだ。その気楽さの付けを今後は自分が支払うのだとすれば、要らぬ苦労ばかりを背負《しょ》い込まされた気がする。

が、それもほんのしばらくの間だけ。北里の藩主が戻るまでの辛抱だ。どうせ長くも深くもならない付き合いだと、方治は勝手に決め込んでいた。

＊　＊　＊

「小娘めが！」

怒りで顔を赤黒く染め、王子屋徳次郎は煮え滾《たぎ》る心のままに吐き捨てた。

つい先日まで、彼は至極上機嫌だった。例の書状を記した人物の始末がついたからである。例の、と枕はしたものの、何がどこまで記された文書かを、実のところ徳次郎は知らない。だが密告者の言によれば、藩主が王子屋一派をただちに断罪するのに十分な証拠が綴《つづ》られていたのだという。

手の者が捕捉した時、かの者はもう藩を出《い》でんとするところだったと聞いている。もしわずかでも徳次郎の動きが遅れていたなら、そのまま江戸の藩主のもとへ発《た》っていたことだろう。年単位で縒《よ》り上げた謀略が水泡に帰すところを、間一髪で凌《しの》いだ格好である。幸運に浮かれた徳次郎は密告者に大枚で報い、安堵して気に入りの女に伽《とぎ》を命じた。

人の心は金で操れる。これは徳次郎が確信する、間違いのない道理だった。呼びつけた女がちょうどいい例である。かつての武家の妻は、今や徳次郎に服従する、妾《めかけ》も同然の身に成り果てていた。ふと見かけた凝脂《ぎょうし》の肌が気に入り、自ら股を開くよう裏から手を回した結果だった。

似通ったやり口で、彼は藩士のおおよそを掌握している。藩上層部へも魔手は伸び、あるいは鼻薬を嗅がされ、あるいは弱みを握られていた。今や徳次郎は、北里の政《まつりごと》を牛耳らんとしている。残る障害は矢沢義信ただひとり。そしてこの英明なる藩主が急病に倒れるまでの筋書きも、既に整いつつあった。

最早全ては時間の問題である。江戸勤めから義信が戻る前に、殿様であろうと手をつけかねる難攻不落を築くこと。それだけが徳次郎に課せられた急務だった。後はただ待つだけで、望んだものが掌《たなごころ》へと落ちてくる。

だが急報が、彼の慢心を粉砕した。

始末した男の娘が、意味深な装束に身を包んで落ち延びようとしているのだという。

父の死を目隠しとするため、親子が敢《あ》えて別行動を取ったのは明白だった。ならば娘の懐《ふところ》には、書状の写しがあると考えて然るべきであろう。矢継ぎ早の追っ手として、徳次郎は懐柔済みの藩士を差し向け——最前届けられたのが、娘を取り逃がしたとの報だった。あと一歩まで追い詰めながら、思わぬ妨害を受けたのだとか。目を引く娘の装《よそお》いを追い、潜伏先は突き止めたと、ある妓楼《ぎろう》の屋号が伝えられたが、その名は徳次郎の怒火に油を注ぐものだった。

「小娘めが……！」

忌々《いまいま》しくもう一度吐き捨てる。しかし徳次郎はその小娘に嘲弄《ちょうろう》された体《てい》なのだ。ますます、胸中の黒い炎は増した。

王子屋徳次郎は、丁稚《でっち》から成り上がった商人である。

かつての彼は、敬うべき大きなものへひたすらに忠義を尽くすことを喜びとする人間だった。少年の日の彼が見た最初の大きなものとは、即《すなわ》ち王子屋であり、主人夫婦であった。

己の性根のまま、徳次郎はただ一心に夫婦に尽くした。働きは目覚ましく、たちまち認められ手代となり、やがて番頭に抜擢された。見返りを求めての仕事ではなかったから、徳次郎は感激し、より忠勤に励んだ。親の死に目すら二の次三の次で、店のために立ち回った。王子屋夫婦には子がなかったから、ゆくゆく店を継ぐのは彼であろうと周りも信ずるほどだった。

　しかし、そのようには運ばなかった。

　ある正月のことである。老いた夫婦は遠縁の子を引き取り、これを跡取りにすると宣言をしたのだ。

　そうして、徳次郎は内々に言い含められた。

『お前の働きには本当に感謝している。でもね、お前には情ってものがない。それじゃあいけない。損得だけで割り切れるのが世間ではないんだ。情けのない奴と思われてしまったら、商人としてじゃあない、人としてもうおしまいだよ』

　夫婦にしてみれば、商いしか眼中にない彼を窘《たしな》めるつもりだったのだろう。が、これが徳次郎の箍《たが》を外した。その場は深く感じ入ったように頭を下げた彼の内心は、凄まじい怒りに満ちていた。

　お前たちがそれを言うのか。全てお前たちのためだったのに。何もかも放り捨てお前たちに捧げ尽くしたのに。それこそが俺の情であったのに。よりにもよって、お前たちがそれを言うのか。我が赤心《せきしん》を認めず、拒むのか。

かちりと音を立て、彼の中で何かが入れ替わった瞬間だった。

徳次郎は変質した。

裏で悪い連中に金を撒《ま》き王子屋の商いを妨げ、儲け話は他所《よそ》へ回して自身の声望のみを高めた。その種の企《くわだ》ての素質があり、また運にも恵まれたのだろう。徳次郎の企《たくら》みはことごとくが上首尾で、王子屋はじわじわと先細った。しばらくして、夫婦の選んだ跡継ぎが川に浮いた。商売を憂《うれ》いての身投げとされたが、無論、徳次郎の手配りである。

気の弱りから夫婦はしばしば床に就くようになり、そんなふたりへ周囲が勧めたこともあって、とうとう店《たな》は徳次郎に譲られた。

王子屋を継いだ彼は、そののちも変わらず夫婦に尽くした。誠心誠意、夫婦が何もかもを頼りきるまで尽くし続けて、もうこれ以上はないと見たある晩、彼らの寝床を訪れて全てを告げたのだ。ただでさえ生気の薄い老人の顔が、みるみる青ざめるさまは何とも言えず愉快だった。

魂の抜け落ちたその姿をとくと眺めて大笑し、徳次郎は自らの手でふたりを縊《くび》り殺した。

そうして——その感触を忘れられなくなった。罪悪感ゆえではない。快楽《けらく》としてこびりついたのだ。

弱々しい抗《あらが》いが少しずつ観念に変わり、やがて息が絶えて冷たくなる。己の得たものを実感するのに、これは最適の行為と思えた。以来、どれだけ大きなものを絞め殺すかが徳次郎の価値観となった。命がもがきつつも手の中で消えいくさまを、彼は一等愛するようになった。人が苦しみ足掻く様子を観察することで、徳次郎は自分の大きさを実感するのだ。

縊鬼《いき》と成り果てた彼が次の獲物と見初《みそ》めたのが、財政難に喘《あえ》ぐ北里藩だった。企みはまたしても好調に運び、目論見は九分九厘まで達成された。徳次郎は獣ではない。喜悦の滋味をより深く味わうために、待つことを知っている。であるからこそ、ようやくの瞬間に水を差された憤懣《ふんまん》は一入《ひとしお》だった。断じて許せぬと、怒髪天を衝《つ》かんばかりだった。ぎりぎりと歯を軋らせるうち、やがて下人の声がする。

それは、椿組の到着を告げるものであった。


王子椿組。

徳次郎が抱える荒らくれ者たちの名である。莫大な資金と並ぶ王子屋の両輪、徳次郎の悪辣を暴力で支える私兵だった。騙し、殺し、盗み、犯しを呼吸のように為し、関われば椿の花の落ちるが如く、運も首もぽとりと失せる。そうした不吉の象徴として知れ渡る者どもだ。

「組」とひとまとめに呼ばれはするが、その力量は玉石混交だった。下は威勢だけの博徒や食いつめ浪人と遜色のない、ならず者でしかない。しかし上は——特に今夜、徳次郎の屋敷にいた頭領格四人は、別格の腕利きだった。

装束仁右衛門《しょうぞくにえもん》。

音羽太郎坊《おとわたろうぼう》。

長田右近《おさだうこん》。

一厘《いちりん》。

年を経《へ》た椿は化けると巷説《こうせつ》に言う。この四名はまさしく、椿の中の化け物だった。人の形をしているが、その精神も力量も、常人からは遠く隔《へだ》たる。一種の獣臭を纏《まと》う彼らと直接に対面すれば、さしもの徳次郎も気圧されるものがあった。それでも飼い主としての矜持《きょうじ》を奮い、腹の底から声を発する。

「例の娘だが、面倒な場所に逃げた」

「書状の一件か」

低く錆を含んだ声が応じた。太刀を抱いた、行者姿が発したものだ。

「面倒ってのはどういうことだ？」

徳次郎が頷くのを見て、もうひとりが問いを発した。こちらはまだ少年とも呼べる、年若い男だった。小柄だが、銅色《あかがねいろ》に焼けた肌の下には筋肉の束が瘤《こぶ》のようにうねっている。恐ろしく俊敏そうな印象があった。

「娘を匿《かくま》うのは相沢藩の篠田屋。あの榎木三十日衛門が仕切る店《たな》だ」

不愉快千万そのものの顔で徳次郎は言う。それは幾度か裏でぶつかり、そのたびに苦渋を舐めさせられた相手の名だった。椿組の面々に納得の気配が生じたのは、彼らもまた三十日衛門の手腕を知るからである。

「藩の外のことだ。元より人数は出せん。あの三十日衛門が関わるとなれば、そもそも迂闊《うかつ》な者には命じられん。だから、貴様らに言う。あの娘を攫《さら》い、懐《ふところ》の書状諸共ここへ引っ立てろ。見事果たした暁にはこれまで以上をくれてやる」

「ほほ、気前のいいこと」

揶揄《やゆ》するように、女の声が上がる。耳にするだけで白くうねる肢体が目に浮かぶほど、艶《なまめ》かしい響きをしていた。

「だけどそのお金、どう支払われるのかしら。誰がやっても四人で山分け？　それとも、してのけた御人の総取りなのかね？」

直後、それがあどけない童女の声音に変じ、更に中途でしわがれた老婆のものとなった。複数人が口を開いたのではない。声の出所《でどころ》は同一であり、言葉を紡いだのはただひとりである。呼吸めいた気安さと瞠目すべき精妙さで、三人の女を演じ分けてみせた者がいるのだ。

「総取りだ。それにもうひとつ付け加える。娘の生死は問わん。問わんが、生きたままであれば、その分だけ色を付けよう」

不気味の業に怯みかけた徳次郎だが、すぐに思惑を巡らして返答をする。それを聞いて、ほほう、と僧形の男が笑った。

「なるほど、若い肌は長寿の妙薬と申しますからな。いや、いや。怖いお顔をなさるな。この太郎坊、人様の嗜好にケチをつけるつもりは毛頭ござらん」

放言してから徳次郎の視線を受け、禿頭《とくとう》をつるりと撫でる。なんとも人を食った面持ちだった。

「他に何かあるか。なければ話は終わりだ。競い合うなり合力するなり、後は好きにしろ。わしは娘が手に入りすればよい」

そう言って一同を見回し、声が上がらないのを確かめると徳次郎は素早く部屋を出た。後ろ手にぴしゃりと、音高く障子を閉める。これ以上の同席は御免だと言わんばかりの態度だった。遠ざかる足音が耳に届かなくなってから、うふ、と僧形が笑いを漏らす。

「徳次郎殿、随分とご立腹にござったな」

「あの家が抗《あらが》いを見せたことで、王子屋に従うを悪《あ》しとする動きが藩に出ている。荒れずにおられぬのだろうさ」

逃げた娘の脅威は懐《ふところ》に呑む文字の刃ばかりではない。その血筋にもある。

数代の昔、矢沢の家に男子のない時分があった。そのため無嗣断絶《むしだんぜつ》を憂えて他家より養子を貰い受けたのだが、あろうことか直後、正室が懐妊《かいにん》して男児を産んだ。後継問題に発展するのは、誰の目にも明らかな構図である。

しかしこの養子殿が、大層利発だった。元服を迎えても御目見えをせず、義弟の成人を待って述べたのだ。

『予《かね》てより自分は剣術を好むところであった。家を継ぐ身とあれば打ち込むことは叶わなかったが、今日こうして弟がめでたき日を迎えた。であれば矢沢の家督は弟に任せ、自分は剣の道に邁進《まいしん》したく思う』

政《まつりごと》には一切関わらぬと、実家にも家臣団にも明確に意志を示した格好である。

これが本意であったのか、涙を呑んでの決断であったのか、余人には知れない。だが彼に剣才があったのだけは確かなことだ。養子殿は江戸へ出て諸流を学び、やがて藩に帰って道場を開いた。殿様にならならなかった男は一種の名物として市井《しせい》に愛され、のちは矢沢家に血を連ねる娘を嫁に貰って悠々自適の生涯を過ごしたという。

逃げたのは、この養子殿の道場の跡取り娘だ。つまり矢沢の傍流《ぼうりゅう》である。武名は開祖一代限りだったが、その声望は未だ根強い。一部に限れば藩主の名と変わりない重さである。王子屋一派であろうと、公然と悪罵《あくば》するのは憚《はばか》られるような存在だった。

ゆえに、件《くだん》の娘が落ち延びていく姿は幻想を生んだ。

貴種たる少女が悪党に父を殺され、しかし自身はどうにか危地を逃れる。そこから苦難の旅を経《へ》て悪事の証拠を藩主に届け、英明なる裁きにより、見事仇討ちを成し遂げる。

そのような物語が、既に北里のそこかしこで囁かれていた。如何《いか》にも世人《せじん》が好みそうな美談が、来るべき未来図として語られ、希望の光として信仰され始めているのだ。逃亡には不向きでしかない白装束が人々の目に焼きつき、諦念《ていねん》の闇を払おうとしている。恐れから燻《くすぶ》るばかりだった王子屋への悪感情は、これにより火種へ変じつつあった。

十四、五の小娘が考え出したものとは到底思えない、自らの利用法を知り尽くした仕業だった。おそらくは娘の父が遺した策であろう。武家とは、実に恐るべきものだ。北里の瑕《きず》となるから、他藩を頼りはすまい。だがただ座しているだけで、彼女は王子屋を脅かしうる。

最早、書状云々ではない。既に徳次郎はのっぴきならないところまで追い込まれている。少なくとも行者は——装束仁右衛門は、そのように見ている。

「あたしが気に入らないのは王子屋の方だけれどね。申し渡すような言いぶりで、勘違いをしていないかしら、あいつ。まるで飼い主面だけれど、あたしたちの間に上も下もないのよ」

甲高く喚いたのは、勝気そうな若い娘の声だった。右近の変声だが、言葉自体に偽りはない。

今日《こんにち》では王子椿組と徳次郎子飼いのように呼ばれるが、椿組は元来、この四人を中核としてできたものなのだ。

彼らはいずれも、人の道を踏み外した外道である。人が人であるために引き締めるべき心の手綱《たづな》を、平然と緩めて疾走できる生き物だった。だが個々の強を誇るだけに、孤立無援の危うさと衆の強さを知悉《ちしつ》している。群れから外れた獣が備える、臆病なまでの用心深さだった。

そうした打算と利害、そして少しばかりの情が五人を巡り合わせ、四人を結びつけた。奇妙な偶然の縁《えにし》が、奇跡のように噛み合って生じたのが椿組なのだ。

力を増した彼らの下に甘い汁のおこぼれを狙う無頼どもが集《つど》い、組織として椿組は膨れ上がった。徳次郎は、彼らが拠点を必要とし始めたその時に、折よく関わってきただけの他人に過ぎない。いつでも手を切れる同盟相手だった。

「そう言うな。お陰でいい目も見ているだろう」

「気に入らないなら首を取れ。化粧《けわい》ばかりの腑抜けが、腰抜けにも成り下がったか」

仁右衛門がなだめる横から銅色《あかがねいろ》の少年が口を挟む。相手にせずただ艶然と、女の声が笑った。そこに侮りと嘲《あざけ》りが宿っているのを察して、彼はますます息を巻く。

「活きがいいなあ、小僧。鼻を削がれても鼻っ柱は折れなんだかよ」

更に太郎坊が煽った。反射的に、少年は己の顔に触れる。薄い灯火にも知れるほど、彼の鼻梁《びりょう》は変形していた。醜く潰れてひしゃげ、まるでこねた粘土をなすりつけたようなありさまである。刀傷が成した造形と見えた。

己の所作を恥じてか、少年の肌が朱を帯びる。怒りのままに片膝を立て、懐《ふところ》へ手を入れた。おそらくはそこに彼の得物が秘められているのだろう。

「汚らわしい火車《かしゃ》めが。気に入らなければ俺は殺すぞ。貴様も例外じゃあない」

「なるほど、なるほど。次はどこを失くすがお望みか。逸物《いちもつ》辺りが程よいか。儂は三つ首ほどに優しゅうはない。欠片も残さぬが、構うまいな？」

僧形の口元に怖い笑みが浮く。

場が一触即発の気を帯びたところへ、とん、と小さく柄尻《つかじり》で床を打つ音がした。仁右衛門である。

「太郎坊、一厘。諍《いさか》いはよせ」

むふう、と息を吐いて、坊主姿は頭を撫でた。少年も他所《よそ》を向きつつ、腰を落とす。

仁右衛門は、椿組の実質的な束ねである。怪物どもも一目置く存在だった。彼という箍《たが》がなければ、椿組はたちまちに形を失い瓦解すると、ここにいる誰もが承知している。

「内輪揉めより篠田屋であろう。王子屋の申した通り、容易《たやす》くはいかん。あそこには笛鳴らしがいる」

「笛鳴らし？」

一厘が、少年らしい声で顔を上げた。仁右衛門への物言いには、他へ向ける刺々《とげとげ》しさがまるでない。

「知らぬか」

行者が一同を見回すと、「そういえば覚えがあるね」と莫連女《ばくれんおんな》の声が言った。

「篠田屋の人斬りだろう？　居残りって触れ込みだけれど、実際は楼主の飼い犬さ」

「おお、思い出した。思い出した」

それを受けて、ぺちりぺちりと僧形が己の額を叩く。馳走を前にした舌なめずりの顔で、

「独特の剣を使うという話であったな。これにかかればどんな強者《きょうしゃ》も喉頸《のどくび》を裂かれ、そこから笛の如き断末魔を漏らして死ぬると聞いたぞ。犬笛、というのだそうな」

「犬とは畜生ならず、笛に似て非なる剣《つるぎ》の音《ね》の意か。いずれにしろ、面白い」

口々に知るところを述べ合う彼らだが、そこに恐れの色はひと欠片もない。自分たちが後れを取るとは、毛一筋たりとも考えていないのだ。ただ、対峙すれば必ず己が勝つと確信している。

この意識ゆえに、彼らの興味は逃げた娘から笛鳴らしへと移行した。赤子の手をひねるような拐《かどわ》かしよりも、同種の人間との命のやり取りの方が余程に本能を唆《そそ》ったのだ。慎重とは程遠い、しかしこれもまた人中の獣の性《さが》である。

「で、誰から行くんだ？」

逸《はや》る口ぶりで、一厘が問うた。

「あたし、あたし。妓楼《ぎろう》に忍び込むのだもの、あたしにぴったりの仕事よね」

「何を申すか。儂ならばただひと射ちよ」

「どうやって貴様の得物を色里に持ち込む気だ。毛無しの上に能無しか」

いずれも自らの力量が、人後に落ちるとは微塵も思わぬ化け物どもである。いわば合戦における一番槍を、他に譲ろうとするはずもない。徳次郎が金銭で煽ったこともあるが、それ以上にまず誇りゆえに角を突き合わせている。

見慣れた醜態《しゅうたい》を前に、仁右衛門は苦々しげに首を振り、嘆息した。結果としてそうなった場合を除き、協力などはしたこともない一味だ。揃って事に当たろうなどと考えるはずもなく、この種の悶着が生じるのは知れていた。血が流れかねないほど熱を孕み出した口論の場へ、彼は横合いから拳を突き込んだ。

「籤《くじ》だ」

そこに握られていたのは、数本の紙縒《こよ》りである。

「右近、一厘、太郎坊の順に引け。私は最後だ。短い順に篠田屋へ行く。それでよかろう」

「いいわ」と嬉しげな女の声が応じるのと、「納得いかん！」と僧形が叫ぶのは同時だった。だが仁右衛門はすげなく太郎坊へ言い放つ。

「納得をしろ。今宵のお主は少しばかりからかいが過ぎた」

一応は自覚があったのか、太郎坊はうぬうと歯噛みして引き下がる。

「一番最初が一番短いのを引くとも限らんしな。俺もそれでいい」

そのさまを嘲笑しつつ少年が頷く。

彼らの奇妙な可笑《おか》しみは、一番手にならねばそれで機会が完全に失われると考えているところにあった。自分以外の誰が赴こうと、必ず目的が遂げられるものと信じているのだ。いがみ合っていいるようでいて、それほど身内の力量を高く買っているのである。

やがて幸運への快哉《かいさい》と不運への嘆きが起こり、それきり一間《ひとま》は静まり返った。誰にも出入りのさまを見せぬまま、椿組の姿は屋敷から消え失せている。

笛鳴らし。火車。化粧面《けわいめん》。双口縄《ふたくちなわ》。村時雨《むらしぐれ》。そして――

斯《か》くの如く役者は出揃い、狂い咲きの花一輪を巡る剣戟《けんげき》の幕は開《あ》く。

果てに結実するは希望か、欲望か。それを知る者は、まだ、ない。

太郎坊火車

菖蒲が篠田屋の雑事に首を突っ込み始めたのは、着いた翌日からである。

無為徒食に甘んじるわけにはいかないと、その鼻息は大層荒い。志《こころざし》は見上げたものだが、身の程を弁えないのは困りものだと方治は思う。何ができるでもないのに、店の者たちの後をついて回っては仕事ぶりを眺め、「ほう」だの「おお」だのと感嘆を漏らすだけなのだ。

しかもその装《よそお》いは、変わらず白ずくめの若衆姿である。注目の集まること甚《はなは》だしかった。三十日衛門がしばし逗留する客人だと説明はしたものの、それで好奇の念が払拭されるはずもない。結果として迷惑を被《こうむ》ったのが方治だった。御前の手前もあり、菖蒲本人には根掘り葉掘り詮索しにくい。でも先生ならば気心も知れているし、何より当人を連れ歩いているのだから訳知りだろう、というわけである。

そこかしこで袖を引かれ耳打ちをされ、興味の矢面に立たされ続けた方治は嫌気が

さして、

「なあ菖蒲よぅ。お前、もう部屋に篭ってろ。そのお綺麗な手を煩わすようなことは何ひとつないぜ？」

口を酸っぱくして諭したものの、彼女は首を振って肯《がえ》んじない。

「そう決め込んで何もしなければ、本当に何もできないままになってしまう。まず自分の目で見て、自分の手で触れて、確かめてみるのが大事じゃないかと思う」

ご高説は結構だが、過程でこちらに降りかかる迷惑をまるで考慮していない。方治はげんなりとして嘆息した。どうにも世間ずれしておらず、どうやら浮世離れしている。家名は秘すと告げられた以上、強く問い質しはしないが、一体どのような家柄の出かと不思議になる。

だが方治の当惑を他所《よそ》に、店の者に対する菖蒲の受けは上々だった。若衆形《なり》が垢抜けているためもあるが、仔細ありげな風情とそれでもくすまぬ陽性が庇護欲を掻き立てるのだろう。特に女たちからの人気が高く、迂闊《うかつ》にこの娘を悪罵《あくば》すれば、次の朝から針のむしろに座る羽目になりかねない。

仕方なく男連中へ「器量がいいってのは得なもんだなァ」とこぼしても、返ってくるのはにやついた顔ばかりである。

「その別嬪《べっぴん》さんにあんな格好をさせて、先生も困ったお人だねぇ」

聞けば菖蒲の装《よそお》いは、方治の嗜好として周知されているらしいのだ。噂の出所《でどころ》を探れば志乃に行き着き、笛鳴らしは頭を抱えた。あの遣手《やりて》は時折、本気とも悪ふざけともつかない真似をしてくれる。

数日が経《た》つと、菖蒲はすっかり間取りを覚えた篠田屋をひとりで飛び回るようになった。

方治の辟易など知らぬげに、無愛想な志乃に戯《じゃ》れていることもあれば、三十日衛門に真面目ぶって何やら講釈していることもある。良くも悪くも物怖じしないのだ。

女たちともますます打ち解け、名を呼ばれては髪を梳《す》かれたり菓子を与えられたりと構われていた。男衆も彼女と親しみだした風で、幾人かで輪になって談笑に耽る様子を見るようになった。どこかずれた菖蒲の視点は、奇妙に物事の核心を突くことがある。そうした言葉の返しが、面白みとして受け入れられたようだった。王子屋との悶着を抱える手前、菖蒲は妓楼《ぎろう》の外へは気軽に出られない。彼女の振る舞いは、その鬱屈と心中の不安を発散させる面もあったのだろう。

当初は居るだけだった菖蒲だが、あちらこちらへ首を突っ込み続けるうち、徐々に頼られるようになっていった。見た目通り機敏で、見た目よりずっと機転が利くから、当座の困り事をさっと繕うのにちょうどよいのだ。手に負えないと見れば固執せずに「方治、方治」と呼びに行くし、おまけに気安い物腰だから、「忙《せわ》しい先生の前に、まず菖蒲様を頼むか」となることが増えていた。

もちろん、色事、荒事の場には呼び立てられない。そもそも客人であるのだから、本来は雑用などさせてはいけない。だが三十日衛門はにこにこと、孫を愛でる風情で菖蒲の働きを見守っている。ならばまあ構わぬのだろうという空気が、篠田屋に出来上がっていた。

菖蒲が遊女たちに読み書きを教えるようになったのも、こうした流れからである。

相沢の色里は、成り立ちからして旅人を目当てとしたものだ。ゆえに一期一会の客が多く、客足の見通しがつきにくい。半月先の天気を当てられる者がいないように、いつどのような人間が店を訪れるかなど、誰にも推し量れはしない。従って、ただ手をこまぬいて旅客の到来を待つよりも、他に安定した収入源を確保する必要が出てくる。有り体《てい》に言えば、それに当たるのが城下に住まう常連たちの落とす金だった。

女たちに読み書きを教えるのは、彼らに文《ふみ》を書かせるためである。足繁く店を訪れるよう秋波を送るのは当然の小業というわけだ。よって紙に恋を認《したた》めるのも仕事のうちとなるのだが、文字を読めない、もしくは読めても書けない女が篠田屋には多かった。方治らが折に触れ指南しているものの、一朝一夕に成果が出ることではない。どうしても人手が欲しいところへ降って湧いた菖蒲の学は、大変に助けとなるものであったのだ。

危惧した事態が何ひとつ起こらぬままにこうして日は過ぎ、菖蒲にも一際馴染む相手ができた。

まずひとりを挙げるなら、おけいだ。

おけいは売られた娘ではない。篠田屋の女が子を産み、それがこの妓楼《ぎろう》で育った女だ。外を知らず、他を知らぬ。ある種の箱入りという点で菖蒲と似通った境遇であり、それで反りが合うのだと皮肉めかして方治は思う。

が、何よりもよかったのは出会った時期であろう。

おけいはいつもどこか伏し目がちに人の顔を窺っている娘だった。良く言えば気遣いの女であり、悪く言えば暗い気質の女である。それが、見初《みそ》められた。相手は藩の城下に暮らす佐平《さへい》という職人である。この男がおけいに惚れ込み、所帯を持とうと持ちかけたのだ。

おけいにとっては不安の大きな話だった。既に述べた通り、彼女は遊郭の他を知らない女である。外で暮らせば、穿《うが》った目で見られることも多かろう。

それでも彼女は、この話に頷いた。男を信じ、新天地へと漕ぎ出すと決意したのだ。喜び勇んだ佐平は早速、三十日衛門に掛け合って約定を結んだ。これに基づき、以来篠田屋に金を入れ続けている。その額は間もなく、おけいに見合うものになろうとしていた。

だから今のおけいは幸福の只中にあり、生来の優しさ、やわらかさが人との関わりのそこここに輝いている。そのいたわりは菖蒲にも注がれた様子で、娘は姉のようにおけいを慕うふうに見えた。おけいもおけいで菖蒲の語る外界の物語に関心があり、何より少女が備える天性の明るさを愛したのだろう。切り分けた菓子をふたりが揃ってついばむさまは、頻繁に見られるものとなっていた。

次いで親しいのはおこうである。

前髪のお陰で表情が窺えず、とっつきにくさを感じさせる女だが、方治とのやり取りを初対面の際に見たのが大きかったらしい。菖蒲は実に懐こく彼女に近づき、おこうの方でも不思議と心を開いたようだった。菖蒲と話す折は微笑に留まらず、時に声を立てて笑いもする。こういう笑顔の女だったのかと、驚く者は少なくなかった。

おこうもまた北里の生まれだと漏れ聞いた覚えが、方治にはある。それゆえふたりの親しさを同郷の好《よしみ》と解したのだが、どうやら菖蒲の方の理由は、少しばかり違ったらしい。

『おこうの火傷《やけど》について、詳しく教えてくれないだろうか？』

先日、出し抜けにそう問われた。確かに方治は篠田屋の愚痴聞き役だ。その種の弱さを見せないおこうや志乃は別として、多くの女たちの過去を握っている。だが聞き知った秘密を、ぺらぺら語り歩くと思われるのは心外だった。おそらく、不快が顔に出たのだろう。菖蒲は慌てて手を振り、『興味本位じゃないんだ。ちょっと、心配なことがあって』と続けた。

聞けば以前北里で、菱沼丹佐《ひしぬまたんざ》なる悪漢が跳梁《ちょうりょう》していたのだという。手下を率いて手当たり次第としか思えない押し込みを働き、盗み入《い》った先の者は老若男女を問わず撫で斬りにする。金品よりも血を欲するかの如き凶賊だった。現場に一味の骸《むくろ》が転がることすらしばしばで、これは殺しに飢えた丹佐による同士討ちであったらしい。

この賊徒が捕らえられなかった理由は、この上なく単純だ。丹佐の力量が誰の手にも負えぬ程に凄まじかったからである。十数人で打ちかかった捕り方が、太刀のただひと振りにまとめて屠《ほふ》られたなどという風聞まで流れる始末だ。

『押し込み先は皆殺しなのが丹佐だけれど、ごくまれにひとりだけ生かしたそうだ。

生き残しには必ず目立つしるしをつけて、後々《のちのち》のことまで弄《もてあそ》ぶようにするのだと聞いた』

なるほど、と方治は二重の納得をする。丹佐の名と行状が知れ渡るのは、そうして見逃しを作るからというわけだ。

また「後々のことまで弄ぶ」とは、命永らえ天涯孤独となってからの渡世を指した言いで間違いなかろう。丹佐が刻むしるしとは、酷薄無慚《こくはくむざん》な悪党と縁があることの証明だ。そして人は無難を好み、異端を排する生き物である。斯様《かよう》な烙印を押された訳ありを温かく迎え入れる道理はない。ゆえに丹佐に生き残された者の以後は、辛く、生き苦しいものとなる。商家の娘が苦界《くがい》に身を落とすような悲惨とて、決してない話ではない。

『だからおこうのあれも、もしかしたらと気になったんだ。まさかとは思うけれど、思いたいけれど、もしもの時は頼んだぞ、方治。私にしてくれたみたいに、おこうを守ってやってくれ』

真剣な案じ顔で結び、菖蒲は方治に頭を下げた。

この杞憂《きゆう》が発端であるにしても、ふたりの仲は深甚《しんじん》と見える。菖蒲が抱《いだ》くのは、おこうへの確かな友誼《ゆうぎ》だ。

ゆえに方治が奇妙を覚えたのは、菖蒲の側にこそだった。おけいはわかるにしても、どうしておこうのような一種難しい人間に寄るのか。その心が少しも知れない。人と人との関わりなど煩わしいばかりだ。どうせ赤心《せきしん》が伝わることなどありはしない。ならば深入りせずに、上っ面だけ上手く合わせていけばよいのだ。

けれど振り返ってみれば菖蒲は、難しい女の代表のような志乃へも何くれとちょっかいをかけているのだ。あの無表情が戸惑いを漂わせながら応対するさまを、一度ならず見た覚えがある。

おこうや志乃と同様にどこかが寂しく欠けた人間を、頼ることを知らない孤独な心を、もしかするとこの娘は鋭く嗅ぎ分けるのかもしれなかった。彼女の傍若無人な優しさは、気づいたものを放ってはおけない。だから隣に押しかけて、なんとない人恋しさに寄り添うのだ。

菖蒲の振る舞いは、愛されて育った者の傲慢《ごうまん》とも呼べよう。でありながら疎まれることが少ないのは、天然自然に彼女が備える距離感の賜物《たまもの》だ。他者を厭うと同時に求める相反した感情に、遠すぎず近すぎないその立ち位置は心地よい。

とまれ、おけいやおこうの例を挙げ、どれほど言い繕ったところで、菖蒲の一番の気に入りが方治なのは明らかだった。

つっけんどんで無愛想なあしらいのどこに懐いたものか、顔さえ見れば嬉しげに名を呼び、犬のように後をついて歩くのだ。つかず離れずは警護の任を請けた方治こそが心がけるべき仕業であり、これでは在りようが逆《さか》しまだった。だが志乃などは「手がかからなくっていいじゃないか」と笑って済ます。頼みの筋はそちらだというのに、すっかり他人事なのだ。あるいは方治の渋面を楽しんでいるのかもしれなかった。

特に暮れ六つ（午後六時）が近づき、気の早い清掻《すががき》が鳴り出す頃になると、菖蒲はまず方治の居室にやって来る。夜見世に備えて女たちが支度を始めるから、それで暇を持て余すのだろう。傍らへ押しかけては笛鳴らしが用心棒仕事に取り掛かるまで、その日一日の出来事を際限なく語るのだ。

今日もまたご多分に漏れず、菖蒲はおけいとした会話の中身を延々と囀《さえず》り続けている。方治は片肘をつき寝転がって聞き流していたのだが、

「方治。方治！」

と、ぐいぐい体を揺すられて、はっと我に返った。いつの間にやら寝入っていたものらしい。

「……いやいや。寝ちゃあいねェよ」

「寝いてただろう！」

起き上がって胡座《あぐら》をかくと、菖蒲は頬を膨らませて不満を表す。まるで童の振る舞いだった。

「いやいやいやいや………寝ちゃいねェって」

強弁しながらその中途で大あくびをしてのけるのだから、この男も相当である。

「ふん。ならもう一度言わなくても、私が何を頼んだかわかるな？ 承知してくれるか？」

「あー……まァいいさ。菓子くらいなら、今度見繕ってきてやるよ」

「そんな話は一切してないっ！」

「わかった、わかった。そこはかとなく俺が悪いってのはよーくわかった。で、結局何の話だったんだい？」

「笛だ。方治の笛を聞かせて欲しい」

のらりくらりとした方治の態度に眉根を寄せた菖蒲だったが、やがて諦めたように嘆息して回答する。

「藪《やぶ》から棒だなァ、おい」

「とても巧みだとおけいが言っていたぞ。志乃もおこうも褒めていた。あと、所望すれば吹いてくれる、とも」

「憂き世一時《いっとき》の慰めだがよ、あれは一応俺の芸だぜ？　言われるまま請われるままに披露したんじゃ、売り物の値《ね》が落ちちまわあな」

もっともらしく道理をこしらえてやると、む、と菖蒲が詰まった。駄々をこねてばかりいるようだが、理屈に弱い娘なのだ。それでもどうにか反論しようと口をぱくつかせ、しかし何も思い浮かばなかったらしい。しゅんと肩を落とし、やがてうつむいて畳を眺めた。

その姿に、方治の良心が多少の呵責《かしゃく》を覚える。つまるところこの娘は、「自分だけ方治の笛を聞いたことがない」という、いわば仲間はずれの状態が嫌なのだ。そうした子供の思考と思えば、慮《おもんぱか》ってやれなくもない。内心で、「こいつをしょげさせると女どもが喧《やかま》しいな」と言い訳をこしらえ、

「ま、そのうちにな」

もうひとつあくびをしてから気を持たせてやる。途端、菖蒲は顔を上げた。その表情がもう輝いている。

「約束だぞっ」

勢い込まれて少々たじろぎ、方治はひらひらと手を振った。

「しかしお前、なんだってそんなに俺をお気に入りだよ？」

その拍子に、つい日頃の疑問が口をつく。確かに危ういところへ割り入りはした。だが順序が前後したとはいえ、あれも仕事のうちである。だというのに、この娘は随分恩に感じている様子だった。金を投げつけ「こちらは客だぞ」とふんぞり返る手合いならよく見かけるが、その逆というのは珍しい。しかし問われた菖蒲はきょとんとした顔をしている。

「前にも言っただろう？　私は方治には感謝しているんだ。それに信頼もしている。何の関わりもない小娘を、体を張って助けたのだぞ。良く思われるのは当然だろう」

「いや……あれはよ、俺の手前勝手で――」

「だとしても。たとえ方治はそうでも、私には大きなことだったんだ」

菖蒲は畳に手をつき、身を乗り出す。

「父の死を知ってから、私はずっとささくれた心持ちでいた。本当にこうするしかなかったのかと叔父上を恨んだ。父の苦衷《くちゅう》も知らず、のうのうと過ごしていた自分を憎んだ。三千世界の全てが敵のような気さえしていた。私は、どうしようもなくひとりきりなのだと思っていた。だから――」

言葉を切ってじっと方治の目を見つめ、菖蒲は淡い笑みを浮かべた。大輪の花に似た平素のそれとはまるで異なる、今にも消え入りそうな微笑だった。

「だからあの時、私はすごく嬉しかったんだ。ひとりのはずの私に手を伸べてくれた人がいて、とてもとても救われたんだ」

面映ゆい限りだった。金銭を介さず、欲得も打算も絡まない。そんな真っ向正面の好意など、笛鳴らしには不慣れ極まる。上手い口上も浮かばず、ただ顔を見つめ返すしかない。

「……」

「……」

間の抜けた沈黙ののち、わっと菖蒲が赤面した。飛び下がる勢いで体《たい》を引いて、

「恥ずかしいことを言わされた気がするっ」

「お前が勝手に語ったんだろうがよ」

「いいや、方治が訊くからだ」

蚊の鳴くような声で返してから、もぞもぞと端座し直す。それから低く、「ずるい」と唸った。

「ずるいぞ、方治。かくなる上は方治も吐け。何か秘密を吐け！」

「なんだってんだ、その横暴は」

「吐かぬとあらば」

「……あらば？」

菖蒲は咳払いをひとつして、姿勢を正した。

「訊くに訊けずにいたことがある。代わりにそれを問うので答えて欲しい」

まるで遠慮を知っていたかのような口ぶりで菖蒲は言い、表情を真剣なものに変える。そして方治の答えは待たず、続けた。

「城下でのことだ。私が王子屋の名を出した途端、助太刀をしてくれただろう？　もしかして方治も、王子屋と因縁があるのだろうか？」

そこへ別の声が割って入る。

「そうじゃありませんよ、菖蒲様。この先生も仇持《あだも》ちだからね。きっとご同情なすったのさ」

「随分よく滑る口じゃねェか」

じろりと方治が睨んだ先に立つのは志乃だった。きつい視線を受けた遣手《やりて》は「おっかないねえ」と呟くも、しかし眉一筋さえ動かさない。

「先生に助け舟してやったのじゃないか。肩入れの理由がわかれば、それだけ信が置けるってものだろう？　舌ばっかり回してないで頭をお回しよ」

「……肩入れなんざ、しちゃいねェよ」

そう返しはしたが、自覚のあることだった。

方治は菖蒲に甘い。甘いというより、弱い。理由は娘の身の上を聞いた折に抱いた羨望にあった。菖蒲の境遇はかつて方治が望み、それでいて、そうなれなかったものである。ゆえに彼女に対する心には、暗い炎のような嫉妬と、目を伏せたいような気後れとが同居していた。一種、憧憬の対象なのだ。

だから彼はどうしても、その目を意識し、その胸中を窺ってしまう。その言葉は、誰の声より強く響いて方治を揺さぶる。

到底、吐露できる真情ではなかった。方治は不機嫌に目を細め、じろりと遣手を睨《ね》め上げる。だが相変わらずの鉄面皮で志乃は無言の糾弾を躱した。

「申し訳ありませんが菖蒲様、ちょいと先生をお借りしますよ」

「ん、わかった」

耳元に囁かれ、菖蒲は軽く顎を引いて頷く。

「おいおいおいおいお前らよ、なんだって頭越しに俺の去就を決めやがる」

所有物めいた扱いに文句をつけた方治だが、女ふたりは意に介さない。ちらと笛鳴らしへ視線を向けるとすぐ戻し、互いににっこり笑み交わす。頑是《がんぜ》無《な》く泣く幼子を前に、母親がするような苦笑だった。その仕草に立腹してもよかったが、

――あの、志乃がねェ。

方治の心はそんな驚きに打たれている。

志乃が見せたのは決して作り笑いではなく、つい釣られて出た微苦笑だった。気に入らない相手には一瞥もくれないあの遣手《やりて》が、これほどやわらかな表情を見せるのは想像の埒外だ。どうやら菖蒲は、その人自身も思いがけない、生《き》の顔を引き出すのに長《た》けているようだった。

菖蒲に見送られ、方治と志乃が向かった先は内所《ないしょ》奥の一間《ひとま》である。三十日衛門の姿はなく、ぽつりと用意された膳には銚子がひとつ、猪口《ちょこ》がふたつ。

差し向かいに座るようにと顎先で示し、志乃は銚子を手に取った。促されて方治が酒を受けると、彼女は続けて自らの盃に注ぎ、膳には戻さず方治の膝元《ひざもと》にそれを置いた。酌をしてやるのは最初だけ、ということらしい。それから志乃はほつれた髪を指先で直し、

「ご苦労様、と労《ねぎら》うべきなのかねえ」

「たーんといたわってくんな。毎日が騒々しくてならねェぜ」

このところの子守りについてだと察し、方治は剽《ひょう》げて肩をすくめる。

「そのわりには、随分楽しげに見えたけれど？」

抑揚のない、けれどどこか刺《とげ》のある口調で言った志乃は煙管《きせる》を咥え、ほんのわずかに柳眉を寄せた。そのまま火を打たずに帯へ戻す。

「喫《の》まねェのかい？」

「……菖蒲様がね、臭いをお嫌いの様子でね」

「それくらいで宗旨を変えるお前じゃなかろうに」

「顔に出るだろう、あのお方。隠したつもりで我慢が丸わかりなのさ。言葉に出されるより手に負えないよ」

淡々とした声に滲む困惑を嗅ぎ取って、方治はつい噴き出した。尾を振る犬は打てぬと言うが、菖蒲もその類《たぐい》であろうか。

「鬼のお志乃さんにも苦手があったかい」

「居残り風情が、達者な口じゃないか」

唇の端をちょっぴり動かし、志乃は方治の知る微笑の形を見せた。それから酒をひと口含み、「真面目な話をしようか」と告げる。

「王子椿組についてのことさ。ひとくさり探りがついたから、先生にご教授申し上げようかと思ってね」

「そんならわざわざ菖蒲を遠ざけなくともよかったろうよ」

すると志乃は首を振り、

「余計な知恵がつくと、無闇に突っ込んでいきそうな気がしてねえ」

確かに、と方治は顎を撫でた。平素からできること探しに余念のない娘である。父の直接的な敵《かたき》である椿組について聞き及べば、妙な手出しを企《くわだ》てないとも限らなかった。

「まず王子屋だけれどね、やっぱり人数を出すのを嫌った様子さ。他所《よそ》の藩で大事《おおごと》を起こしたくはないのだろうねぇ。だからやって来るのは四人。立場的にも実力的にも、椿組の頭領格ってことになるね」

志乃は方治の前に手のひらを突き出し、細く白い指の一本を折り曲げた。

「ひとりは装束仁右衛門。村時雨なんてあだ名される剣士さ。四十《しじゅう》近いそうだけれど、衰えはないみたいだねえ。この男が立木を前にひと振りすると、幾回も続けて打ち込みの音が鳴るというよ」

強く降ってはやみ、また強く降ってを繰り返す雨を村時雨と呼ぶ。仁右衛門の剣は、それに似る連撃なのであろう。速い太刀行きばかりにかまけて体軸が乱れれば、精妙な剣は繰《く》れない。土台となる足腰が、凄まじく強いに違いなかった。

志乃の指が、もう一本折られる。

「ひとりは長田右近。一番得体の知れない相手さ。女であるのは確かなようだけれど、ころころと姿が変わるんだよ。ほんの一瞬目を離した隙に老婆が童女に化けてた、なんて話がごまんとあるのさ。一等おっかないのはこいつかねえ。いつ懐《ふところ》に潜り込まれるか知れない」

続けて、更に一本。

「ひとりは音羽太郎坊。鉄砲と火術に長じるらしいよ。まあ、火筒の方は、持ち込ませなければいいのだろうけど……」

鉄砲の上手とは、即《すなわ》ち暗殺の達者の意味である。だが志乃の言《げん》の通り、それは得物に大きく依存する技術だった。高く厚い塀で囲まれたこの色里は、警戒厳重な城に近い。大門の出入りを厳しく見張り、火器を奪えば対処は易く思えた。しかし、そのような尋常の手段で封殺される人間が恐れられ、かつ名を馳せるはずもない。志乃が言葉尻を濁したのは、その点を考慮に含めてのことだろう。

「こいつには忍び崩れって噂もあってね。言うなれば先生のご同輩さ。何をしでかすかわかりゃしない」

「俺は手管を習い覚えただけさ。忍びに縁付いたわけじゃあねェよ」

素っ気なく切り捨てて、方治は酒を口に含む。その不機嫌を気にするふうもなく、志乃は四本目の指を折った。

「最後は一厘。まだ若い、これも剣士さ。ひどく敏捷《はしこ》くて、軽業《かるわざ》のような振る舞いをすると言うね。仲間内の争いに負けて鼻を削がれたらしいけれど、格を落としたって話はないよ。それだけ、力量が秀でてるんだろうねえ」

面倒な手合いだなと方治は思う。周囲を黙らせるだけの地力もさることながら、負けてなお長らえた敗者はしぶとい。加えて、手段を選ばなくなる。

「ただ、安心おしよ。こいつらが一丸で動くってことはないからね」

ひらりと空を払って手を膝に戻し、志乃は淡々と言い切った。

「なんだって決め込むんだよ？」

「仲違いをするのじゃあないけれど、組めば互いの足を引っ張り合うような輩揃いなのさ」

言われて方治は得心した。この手の強者《つわもの》には曲者が多い。個々の癖が凄まじく、自分に合う自分だけのやり方でしか本領を発揮できないのだ。

「椿組自体が欲得ずくの集団だからねぇ。組織としちゃ、磐石どころか薄氷さ。元々五人だった頭領格が、喧嘩別れして四人に減ったと言えば、内実の見当もつくだろう？」

　一厘を負かしたってのがその五人目だよ、と付け加え、志乃は口元をわずかに動かす。

「つまりは先生なら大丈夫だろうって、あたしは信じているんだよ」

「世辞はよせやい。責任をおっかぶせられて、しくじったら腹を切る羽目になりそうだ」

　返しながら、方治は確信する。昨日今日の調べにしては手際がよすぎる。おそらく方治のあずかり知らぬところで、篠田屋と王子屋は暗闘を繰り広げていたのだろう。三十日衛門と菖蒲の父の繋がりも、その過程で得たものに違いなかった。

「ま、込み入った話は任せるさ。俺は子守りをしてりゃあいいんだろう？」

「今のところは、そうなるね」

　頷きつつ、無意識の仕草で志乃は帯から煙管《きせる》を抜き出す。吸い口を咥えて、また眉根を寄せた。

「まーったくよぅ。肩入れしてんのはどいつだって話だぜ」

「煩いねえ。口寂しいんだよ」

　言い捨てた志乃は腰を浮かせ、すい、と手を畳に置いて身を乗り出すと、上目遣いに方治を見た。瞳が婀娜《あだ》に濡れている。かしずかれ慣れた、猫のような優美さだった。

「なんなら先生、あんたが代わりに噛まれてみるかい？」

「遠慮しとくぜ。食いちぎられそうだ」

＊＊＊

――奇っ怪な店《たな》だ。

太郎坊が抱《いだ》いた感慨はそれだった。

籤《くじ》で一番槍をせしめた彼は、既に篠田屋近隣の妓楼《ぎろう》へ出入りを繰り返している。ひとつは篠田屋の人間を検分するためであり、もうひとつはより良い狙撃地点を探るためであった。その都度、この目立つ男がどうして、と思うほどに印象を変えてのけている。どの店でも同じ客と気取られた例はない。

そのようにして篠田屋の観察を続け、果てに到達したのが先の述懐である。

人間の方は、まず笛鳴らし以外は問題ない。太郎坊の考える「問題ない」とは、「問題なく殺せる」という意味合いである。笛鳴らしの他はものの数ではないと彼は見極めていた。

しかし、この唯一の例外が難敵だ。

犬笛なる剣の風聞から、当初はただの剣士と睨んでいた。が、違う。足運び、目配りといった端々の所作が、同類であると告げていた。即《すなわ》ち、忍び崩れだ。戦国の世が終わり不要の走狗《そうく》となった忍びは、食い扶持を失い零落した例がほとんどである。盗賊に身を落とし、先祖伝来の技術で細々と食いつなぐ者も多かった。笛鳴らしもその類《たぐい》であろうと太郎坊は睨む。ならば奇襲に対しても、十分の備えをしているはずだ。無用の夜討ち朝駆けは己の首を絞めることになりかねない。

その証左が篠田屋の店構えだ。

小構えでありながら、この妓楼は極めて堅牢に作られている。どこの方角、どの高さから狙おうと、店の奥底まで弾丸を滑り込ませる隙がない。廊下には角が、窓には目隠しが多く、射線がまるで通らぬのだ。家財や庭木が巧みに配され、穴と見えた箇所もすっかり塞がれている。調べれば調べるほど、探れば探るほど、篠田屋は恐るべき伏魔殿《ふくまでん》の様相を呈してくるのだった。火筒の達者たる太郎坊が、どうにも音《ね》を上げるしかない。

ならば外出の折をと思ったが、これも難しい。

当然ながら、暗殺を警戒してであろう。娘は決して表に立たない。笛鳴らしのみならば日中、わずかに出歩くことがあるのだが、この機を狙い撃つのは不可能だった。どこへ足を運ぶのかが知れないから、まず待ち伏せはできない。そして何より色里における鉄砲は、娘の若衆姿以上に悪目立ちをする。銃身なぞをぶら下げてうろつけば、すぐさま騒動になるのは明白だった。

思案は既に、如何《いか》に殺すかへと変じている。そもそも太郎坊にとって娘の生死は頓着するところではなかった。王子屋は生きたままをご所望だが、肝心なのは書状の始末をつけることのみであろう。ついでに言えば、と太郎坊は唇を歪める。骸《むくろ》であろうと、綺麗に撃ち抜いた死にたてならば構うまい。劣情の用は足せよう。

ならばいっそ店ごと焼いてしまうか、などと乱暴なことを思わなくもない。実のところ太郎坊は、鉄砲よりも火術の扱いにこそ通じている。手持ちの油と火薬を駆使すれば、篠田屋程度を灰にするのは容易《たやす》い業だ。

しかし、これは踏み切り難い案だった。

第一に、書状の行方がしかと知れなくなる。娘が焼け死ねば尚更で、命ともども燃え尽きたのか、はたまた他所《よそ》へ託されたのかを確かめることすら叶わなくなる。あるともないとも知れないものを探し続けるほど気が滅入る作業はない。

第二が笛鳴らしの存在だ。狙撃に備えるからには当然、火にも備えているだろう。

となれば焼け出された混乱を狙っても、あの男が立ちはだかるのは明白だった。思わぬ逆捩《さかね》じを食らう恐れがある。

そして第三。語るまでもないことだが、火は騒動を呼ぶ。小火《ぼや》であればまだしも、遊里の顔役の店がまるごと焼けたとなれば、姦《かしま》しさは一入《ひとしお》だ。大きな騒ぎを避けるべく単身で動いているのだから、これでは本末転倒も甚《はなは》だしい。

無論、他に手がないとなれば、太郎坊は躊躇《ためら》わない。躊躇わぬからこその椿組である。

しかし挙げた理屈のいずれよりも強く、太郎坊を押しとどめるものがあった。彼だけに通じる、火炎を用いぬ理由。それは太郎坊の嗜好に由来する。

音羽太郎坊は、越州《えっしゅう》の生まれである。

彼の一族はその地に湧く特殊な油の精製技術を備え、これを用いた火術に長《た》けていた。古くは忍びとして名を馳せもしたが、泰平の世に活路を見出せず、今は土《いじ》を弄って辛うじて口を糊《のり》する暮らしに落ちぶれてる。

やがて貧しさが彼らの精神を捻《ね》じ曲げた。一族の者は皆、幼い頃より秘伝を叩き込まれ、炎を扱う技量の優劣のみで人を測るように仕込まれている。火術を知らぬ者の悉《ことごと》くを有象無象《うぞうむぞう》と見なすのだ。自分たちが伝える術こそが至上にして至高であり、これこそが価値であると思い込まねば、凋落《ちょうらく》に耐えられなかったのであろう。

その暗く歪んだ精神性を、太郎坊も色濃く受け継いでいる。己の業に異常な誇りを抱く彼の気質は、幼少期から育《はぐく》まれたものとして間違いなかった。

やがて太郎坊は火薬の取り扱いを通じて鉄砲と出合い、この殺戮《さつりく》兵器に魅せられた。自分と同じく、殺すだけの存在というのがまた良かった。のめり込んだ太郎坊は一族を離れて火筒の道を邁進《まいしん》し、たちまちに頭角を現した。上手くすれば武芸の師範として腕を売り、日向《ひなた》で暮らしていくこともできたろう。

だが、彼は奇態な性欲の持ち主だった。

太郎坊の情欲は、生きた女の肌身より、亡骸《なきがら》にこそ強く刺激されるのだ。

彼が僧形を装《よそお》うのはこのためである。経を誦《ず》す素振りで墓を巡り、真新しいものがあれば掘り返して死体を攫《さら》った。攫って、昂ぶりのはけ口としたのだ。火車と蔑《さげす》み呼ばわれる所以《ゆえん》がそこにある。それは、骸《むくろ》を奪うあやかしの名だった。

このような性状の者が、世に交わって生きられるはずもない。夜闇を選んで歩くうち、やがて彼は人の命に高い値《ね》がつくと気づき——一度《ひとたび》道を踏み外せば、あとはあっという間だった。

鉄砲のために、弾薬のために、そして欲望のために彼は殺した。

太郎坊の衝動は、自身が撃ち殺した者へより激しく発露するようだった。鉛玉をくれてやった相手に、太郎坊は炎めいた恋慕を覚えるのだ。仕留めた獲物を剥製《はくせい》として飾る狩猟者の心情に、相通じるものがあるのかもしれなかった。

娘の若衆形《なり》を思い浮かべ、太郎坊は舌なめずりをする。

白い首、華奢な肩、細い腰、伸びやかな手足。造形ばかりではない。心延《ば》えや手強さまでを加味したあれは、堪《こた》えられぬ極上の獲物であろう。火にくべて醜く焼けただらせるなど、とんでもなかった。

やがて即席の一計を案じ終え、太郎坊は、うふ、と小さく笑みを漏らす。方策が決まった以上、無駄な時を過ごすつもりはなかった。観察のためとはいえ、このところ生きた女しか抱いていない。満たされない好色が下腹に渦を巻いている。一刻も早くあの娘を亡骸に変え、その冷たい肌を存分に愛でてやりたかった。

色里の昼はどこか気だるい。中でも相沢藩の色街の物憂《ものう》さは取り分けだった。

この遊郭が旅人に依存するものであるとは、既に述べた。そしてごく少数の例外を除き、人が道行きするのは昼である。篠田屋のみならず、諸方が閑散とするのは道理であろう。外泊の禁じられた武士や荷を降ろしたばかりの商人といった客があるから昼見世は開かれるものの、夏の名残《なご》りの暑気が強く、海からの風が潮を匂わせる今日のような日はもういけない。どの道からも人は絶え、時間は止まったようになる。女たちの奏でる三味線も、果てしなく間延びして空へ吸い込まれていくばかりだ。

影までがあくびしそうなこの空気を切り裂く騒動が起きたのは、果たして篠田屋の面前でだった。

諍《いさか》いを聞きつけ、のっそりと顔を出した方治が見たのは四人の男の姿である。ふたりずつがそれぞれ向かい合い、声高に言い争っていた。いずれも安っぽさの抜けない風体で、どうやら部屋住みの昼遊びのようだった。

部屋住みとは家を継げる当てのない、次男以降の男子をいう。跡取りに余程が起こるか、養子の口でも見つからない限り、彼らの未来は飼い殺しと決まっていた。裕福な家ならば離れか別宅を用意し、農家の娘を嫁にあてがうくらいはしたが、それでも子は許されない。そうでない家の場合は推して知るべしである。

当人に才覚があれば剣や学問で身を立てることもできたが、なかなかに上手く運ぶものではない。結果として部屋住みたちは不安と不満を抱え、その焦燥から無軌道で短絡な振る舞いをした。つまるところ色町での喧嘩など、彼らの日常茶飯事なのだ。

酒と女が心を勇壮で満たし、また意固地にする。そうして、やれ肩が当たったの、やれ鞘が触れたのとつまらない理由から口論をし、時に引けなくなって腰間《ようかん》の秋水《しゅうすい》をすっぱ抜くのだ。娯楽を求めて色里を訪れながら、逆に周囲から見物《みもの》にされる滑稽さは気づかずに。

この四名も例に漏れずで、一様に激昂し、いつ抜刀しても不思議はない雰囲気だった。妓楼《ぎろう》の面前とはいえ、あくまで路上でのことだから、店の者たちもこの火種へ手を出しかねている。常ならばちょいと出て追い散らす方治にしても——

「……まーったく、厄介なこったなァ」

椿組の名とやり口は、遣手《やりて》から聞き及んでいた。しかし方治も志乃も、彼らの確かな面体を知らない。それゆえ迂闊《うかつ》には及べなかった。

正直を言えば、眼前のどの侍もさして腕が立つとは思えない。だが地力を隠しているなら話は別だ。ひと目にそれを見極められると信じるほど、方治は自惚《うぬぼ》れてはいない。侍たちのうちの誰かが、もしくは全員が件《くだん》の四人であるかもしれない。あるいはこれはただの陽動であり、窺い知れない別の企《たくら》みが、今まさに水面下で動き出しているのやもしれない。困ったことに、まるで関係のない騒動という可能性まである。

考えれば考えるほど面倒になって、がりがりと頭を掻いたところへ、

「方治！」

呼ばわって走り寄ってくる、不本意ながらも見慣れた姿が現れた。菖蒲は方治の横でぴたりと勢いを殺し、袖を掴んで顔を見上げる。その目が「どうする?」と言外に問うていた。

まあ、上出来の部類であろうと方治は思う。直情な面が強いのが菖蒲だ。勢いのまま仲裁に飛び出してもおかしくはなかった。狙われる身でありながらそんな振る舞いをしたなら拳骨のひとつもくれていたところだが、流石《さすが》に弁えていたらしい。彼女の顔を見つめ返しつつ、方治は己の顎を軽く撫でる。

——最終的に、これが無事ならいいわけだ。

王子屋一味の目的が奈辺にあるかはもう知れている。

菖蒲を攫《さら》う。あるいは殺す。つまるところはそれである。首尾よく書状のみを始末したしても、彼女が生きている限り、王子屋という船は嵐を乗り切ったことにならない。ならば椿組は、どうにか菖蒲に辿り着こうとするはずだった。このどうにかの部分が読めないから、方治は騒ぎを前に手をこまぬいている。

しかし折よく菖蒲が現れたことで、状況が変わった。手の届く範囲にこの娘がいるのなら、まあ大概から守れはしよう。篠田屋が三十日衛門の築いた一種の城塞であると、彼は知悉《ちしつ》していた。火筒が持ち込まれようと、店内に居る限りは狙撃も難しいはずだ。

　面倒がりな彼の気質が、軽はずみな結論を導き出した。菖蒲の頭にぽんと手を置き、

「お前はここに控えてろ。絶対に動くんじゃあねェぞ」

　告げて自身は歩み出る。方治の姿を目にするなり、騒いでいた全員が押し黙った。

お互いに見交わし、これまでとは別種の緊張をその五体に漲《みなぎ》らせる。とんだ大根役者どもだった。四人が繋がっているのは最早明らかだ。彼らはやはり、椿組に使嗾《しそう》された目くらましであるらしい。

「ここは酒と女を楽しむ場所だぜ？　斬り合いをしようってんなら」

　そこで言葉を切り、遊里の一角を視線で示す。

「もう二本あっちの通りでしてくんな。そうすりゃ寺の目の前だ。無縁の女を弔《とむら》う慈悲深《ぶけ》ェところだからよ、お前さんがたもちゃんと供養してもらえるだろうさ」

　殊更挑発的なあしらいに鼻白み、次いで色めき立ったのは演技ばかりではなかっただろう。部屋住みどもは口々に吠え、方治へ向けて刀を抜いた。そのさまを横目に眺め、今度は隠さず方治は笑う。威勢のわりに腰が引けた、さんざんな構えだったからだ。

　菖蒲の方がまだ堂に入っている。

「ひとりは残しておいてやる。お前らの懐《ふところ》の金がどっから出たか、ちょいとばかり気

になるからな。それ以外は、悪いが死に損だ。命が惜しけりゃ早いうちに刀ァ捨てな」

見下しきった言い草を浴びた男たちは、瞠目して硬直した。一体いつとも知れぬ間《ま》に、方治の長脇差が鞘走っていたからである。瞬《まばた》きのうちに、音もなく。まるで初めから抜き身をぶら下げていたとしか思えない抜刀の速度だった。小金欲しさに芝居を請け負うような性根の連中である。それだけでもう呑まれきっていた。

ぞろりと一歩、方治が踏み出す。びくりと震えた部屋住みどもはそれ以上の距離を逃げ、うちひとりがたたらを踏んで無様に尻餅をついた。

「お前らよぅ――」

笛鳴らしがもう一度口を開いた瞬間。

轟音が鳴り響いて、放たれた弾丸が彼の腹の高さを走り抜けた。

＊＊＊

太郎坊の計画は、策とは呼べぬほどに単純だった。

獣を撃つならばまず巣穴から引き出すのが定石であり、待ち伏せせんと欲するならば追い立て追い込むのが常道だ。骨子はこれと何も変わらない。部屋住みどもを犬や勢子《せこ》の代わりに使い、篠田屋という堅固な棲家から、笛鳴らしを釣り出して狙い撃ったのである。

陽動役が遊郭を訪れたのは今日のことだが、当の太郎坊は昨夜から、篠田屋の斜向《はすむか》かいの澪屋《みおや》という店に泊まり込んでいた。今回は僧房で本草学《ほんぞうがく》を齧った薬売りという触れ込みである。坊主といえば女犯に厳しいことで知られるが、頭巾を被って医者に化け、悪所に通う坊主の例は古くから多くあった。厳しく咎めだてる者はいない。

丹《に》を塗った薬箱を天秤棒で前後に振り分けて担いだ彼は、ついでに引き出しの鐶《かん》を剽《ひょう》げてかたかたと鳴らし、澪屋の者の笑いまで誘っている。人の警戒を解いて懐《ふところ》に潜り込む手口であり、持ち物に意識を向けさせて己の印象を曖昧模糊《あいまいもこ》とする手管であった。この箱から薬のみならず、自作だという稚拙な書画まで出たものだから、太郎坊はすっかり愛嬌のある人物と信じ込まれた。敵娼《あいかた》となった女も、まさかこの坊主が恐るべき殺人者だとは思いもしていない。

しかし彼の担ぐ箱には、今日《こんにち》でいう秘密箱めいた仕掛けが凝らされていた。開け方を知らねば見た目通りの薬箱でしかないが、一方の背の側に空間が設けてあり、ここにぴたりと銃身が隠されているのである。火薬、弾薬の類《たぐい》も薬草類に交ぜ込み、素人《しろうと》目には見抜きようなく秘匿していた。

二階に上がった太郎坊は連泊を告げて女を抱き、翌日になると「夜通し頑張ったせいで眠くてかなわん」と昼寝の体《てい》で人払いをした。あとは金で抱き込んだ部屋住みどもが上手くやるのをじっと待ち、ついに狙撃の機を得たのである。

単純極まりないこのやり口に、しかしうかうかと方治がはまったのは、自身が椿組の矢壺であると気づいていなかったからに他ならない。狙われているのはあくまで菖蒲という頭が方治にはあった。まさか己が怪人どもの技量比べ、言うなれば難しい射撃の的として扱われているなど思いもよらなかったのだ。

だからこそ彼は無造作に身を晒し、太郎坊の狙撃を受ける羽目に陥った。

剣術使いが腰から刀を抜き終える前に我が銃は火を噴くのだとは、太郎坊が常々豪語するところである。早合《はやごう》を込める折の独特の工夫と、指をひと鳴らしする間《ま》に口薬に点火する火術とが、彼の早業を支えていた。そしてこの抜き打ちめいた射撃は、精度においても凄まじい。馴染んだ銃を用いてならば、太郎坊は一射目で開けた障子の穴を一切広げず、二射目以降を通すことができた。

そのような男が、しっかと狙い定めて放つ弾丸である。万にひとつも外すはずがなく、億にひとつも躱せるわけがない。

しかし――

銃弾が貫いたのは、一瞬前まで笛鳴らしの胴体があった空間であった。

「なんたることか！」

太郎坊は、思わず吐き捨てている。

引き金を絞る瞬間。太郎坊は方治のみに集中していた。方治しか見ていなかった。

まさかその刹那《せつな》を見抜いたわけではあるまい。あるまいが、まるで合わせたかのように菖蒲が動いたのだ。

方治の背に控えていた彼女は恐ろしいほどの思い切りで駆け出して、その勢いで体ごと笛鳴らしに打ち当たった。白刃を抜いた四人と対峙していた最中《さなか》のことで、さしもの方治も虚を突かれた。暴挙じみた菖蒲の行動は、ふたりの達人の不意をついてのけたのである。

方治と菖蒲はもつれるように地べたを転げ、そうして銃弾はただ土を穿《うが》つのみに終わった。突き倒されて目を剥いた笛鳴らしだが、しかし直後、轟《とどろ》いた銃声で全てを悟った。娘の襟首を猫の子のように引っつかむや低く身を伏せて走り、店内へ転がり込む。

即《すなわ》ち、太郎坊は大魚を逸したのである。

んでいる。それは狙撃手に逃亡を許した苛立ちからのものだった。

必殺の弾丸が外れたと見るや、太郎坊は引付座敷《ひきつけざしき》から躍り出て、こけらぶきの屋根を踏み、はったと篠田屋を睨んだ。そうして禿頭《とくとう》をつるりと撫でて、「やってくれたな」とばかりに破顔した。直後、男の背後の窓が紅蓮を吐いた。太郎坊の火術であるのは言うまでもない。同時に、燃焼によるものとは異なる白煙が猛烈に立ち込め、彼の姿は消え失せた。

澪屋から逃れるだけならば、太郎坊は影すら見せずに逃げおおせられたことだろう。しかし彼はわざわざ顔を晒し、銃を携《たずさ》えたさまを見せつけている。まだ終わりではないぞと、その不敵さが告げていた。炎と煙は逃亡のためではなく、開戦の狼煙《のろし》であったのだろう。

すぐさま追おうとした方治だったが、これを三十日衛門が引き止めた。

＊＊＊

それから、半刻。

方治の姿は内所《ないしょ》の一角にあった。胡座《あぐら》の膝に頬杖をつき、忙《せわ》しなく指先で拍子を刻

『真っ直ぐに追いかければ、また待ち伏せで撃たれますよ』

老人はそう方治を窘《たしな》め、既に遊郭の大門を閉じるように使いを走らせたことを告げた。

『これでやすやすと逃げ出しもできません。あとはじっくり人数を使えばいいのです。なんだって手ずからしたい気持ちはわかりますがね、方治さん。頼ることも覚えなければなりませんよ。人の目は、前にふたつしかありませんからな』

そう付け加えると自身はぶらりと立って、捜索網の手配に出てしまった。こうも言い聞かせられては致し方なく、方治は報告を待って、じりじりと落ち着かぬ腰を抑え込んでいる。だが不機嫌は誰の目にも明らかで、彼を中心とした円状に、人の寄らない空白が出来上がってる。

常ならばこれを破るのは菖蒲なのだが、彼女は女たちに取り囲まれ、最前の一件の詳細をせがまれ続けていた。「あの四人は方治がやっつけると思ったから、私はそこ以外を見てたんだ。そうしたらちょうど火縄の筒先が覗くのが見えて」などと語るのが漏れ聞こえ、それに合わせて黄色い声が上がる。菖蒲の働きは、ちょっとした武勇伝となったものらしい。方治の指先の動きが、ますます速まる。

「どうしたんです、せんせ。そんなに眉間に皺を寄せて。みんな怖がっていますよ」

そんな中、円内にするりと女が入り込んだ女がいた。

「……おこうかよ」

「ええ、わたしです。菖蒲様の方がよろしかったですか？」

「うーるせェや」

不貞腐れた方治が他所《よそ》を向くと、長く垂らした前髪の向こうで、おこうの目がやわらかに笑む。困った弟を見るような眼差しだった。方治の正面にちょこりと膝を落とし、その顔を覗き込む。

「わたしは、せんせが無事でよかったと思ってますよ」

「菖蒲様のお陰様だな。ありがたいこったぜ」

「もう。どうしてそんなに拗ねているんですか」

どうしてかと問われれば、方治には明確な答えがない。

菖蒲に命を救われたのは確かなことである。弾丸という言葉の通り、火縄銃の弾は丸い。だが貫通力に劣る形状をしているからこそ、着弾した鉛弾はひしゃげるように変形し、人体の内部を広く破壊する。それは圧倒的な作用であり、もし菖蒲の働きがなければ、方治の命の火は吹き消されていたことだろう。

ならば礼のひとつも述べるべきなのだが、これができない。上から施しを投げ与えられたような、何とも言えない蟠《わだかま》りが胸にある。

「わかりました。つまりせんせは菖蒲様に、格好の悪いところを見られて不機嫌なんですね」

「おいおいおこう、目が曇りすぎだぜ。何をどうしたらそんな答えになりやがる」

「どこをどうしたってそうとしか見えないからだよ、馬鹿」

言いざまに、方治の丸まった背を爪先で蹴ったのは志乃である。

「見苦しいったらないねえ。いつまでも僻《ひが》んでるんじゃあないよ。守りが堅けりゃ壁を崩そうって思案が出て当然だろうに、自分を無価値と決め込んでるから、こんなつまらない不覚を取るのさ」

「……言ってくれるじゃあねェか、志乃」

「ああ、言わせてもらうね。男の愚痴なんざ御免だよ。そんなもの犬にでも食わせておしまい」

睨み返したところへ淡々と重ねられ、方治は苦虫を噛み潰す。面倒がって棚上げし、我が身の危険を考慮しなかったのは指摘の通りだ。反論のしようもない。

「お、お志乃さん」

「あんたもだよ、おこう。こんな拗ね者、放っておけばいいのさ。構って甘やかすからつけ上がるんだよ」

庇い立てをしようとしたおこうをも舌鋒で切って捨て、志乃は身を屈めると方治の耳元に囁いた。

「あの坊主、見つかったよ」

「どこだ」

笛鳴らしの手が、脇に転がされていた長脇差を引っつかむ。しかし志乃は首を振り、

「逸《はや》るんじゃあないよ、馬鹿。今、御前が手配りくださってるからね。万端整うのをお待ち」

体を戻してこぼれ髪をかき上げ、顎をしゃくった。合図を受けた牛太郎《ぎゅうたろう》が、焼け焦げた薬箱を抱えてやって来る。

牛太郎とは遣手について客引きや接待をする男たちの通称で、篠田屋の牛太郎の中には、志乃の言いつけで細作の真似事をする者がいた。これもそのひとりであろう。

「こいつァなんだい?」

「奴《やっこ》さんの商売道具さ。ご本人は綺麗さっぱり焼き払うつもりだったんだろうが、生憎《あいにく》消火の手際がよくってね。面白いものが残っていたよ」

志乃の言う通り、太郎坊の火は大きく燃え広がることはなかった。二階は焼けたも

のの階下まで火の手は及ばず、澪屋にはひとりの怪我人も出ていない。傷を負《て》ったのは、今回の一件の腹いせに必要以上の打擲《ちょうちゃく》を受けた部屋住みどもくらいなものである。

「先生も意趣返しがしたいだろう？　ならこいつは、ちょいと使えるんじゃないかと思うのさ」

志乃は思わせぶりに囁きながら帯から煙管《きせる》を抜き出し、咥える前にまた戻す。物言いたげな方治の視線を受けて、ふんと鼻を鳴らした。

「ただその前に先生には、是非やっておいてもらわなきゃならないことがあるねえ」

「無理難題は御免だぜ？」

「安心おし、至極簡単な仕業だよ」

志乃は優美に手のひらを返して菖蒲の居る方角を示し、

「どうせまだなんの挨拶もしちゃいないんだろう？　とっとと御礼《おんれい》申し上げておいで」

方治がぐっと言葉に詰まったので、傍らで成り行きを見守っていたおこうが堪えきれずに噴き出した。

血のような夕焼け空だった。

黄昏時《たそがれどき》。もしくは誰そ彼時。沈みかけた日の最後の名残《なご》りが闇よりもなお影を濃くして、眼前の人間が何者かすらわからなくなる刻限である。

その紅《くれない》を、太郎坊は寝転んで見上げていた。どのようにして這い上ったものか、彼の姿は遊郭内に建つ寺の、瓦屋根の上にある。周囲にこれよりも高い建築物はなく、何より夕日の陰影が太郎坊の影を溶かし込んでいた。誰ぞが様子を探りに来たところで、そうそうその存在に気づけるものではない。

耳のみを周囲の警戒に当て、太郎坊はゆったりと空を眺めているかに見える。が、その腸《はらわた》は煮えくり返っていた。

不運だの予想外だのと取り繕ったところで、先の狙撃は誤魔化しようのないしくじりである。恐るべき無様であり、なんとしても雪《そそ》がねばならない恥辱だった。このまま捨て置けば、太郎坊の名は侮りと共に語られるようになるだろう。それは磨き続けた技術への、ひいては音羽太郎坊の生そのものへの冒涜である。到底看過できるものではなかった。それゆえ澪屋に火を放ったのち、彼は遊郭の外へは逃れずにここへ忍んだ。

必ずやあの娘と笛鳴らしとを射殺《いころ》さねばならない。己の業こそが至高であり至上であると、誰よりも自身に証明せねばならない。そのことに太郎坊は固執している。不利と見れば素早く退き、次の機会をじっと窺う。そうした忍びの身軽な執拗さから、彼の心は乖離《かいり》していた。あるのは幼稚で、それだけに凄まじい攻撃性である。

「徳次郎の思惑など、最早知ったことではござらんが」

ひとりごちて、太郎坊は己の頭を撫でる。

単身で篠田屋を攻めるとなると、澪屋を焼き払うつもりで秘伝の油を用いたのが痛かった。あれが生むのは通常の火ではない。爆発的な勢いで燃焼し、更には消し止めようと水をかければ、その分だけ燃え広がる特殊な炎である。さぞ城攻めに役立ったろうに、手持ちは澪屋での火付けに使い、残りはその火中に置き去りにしてしまった。

だが我が手には火筒がある。それで十分ではないかと思い直し、太郎坊は布越しに銃身を撫でた。鉄《くろがね》の硬い感触は、死んだ女を思わせて良い。

弾薬は懐《ふところ》に十分呑んでいた。しかし実戦で速射を続けるのは七発が限度だと、太郎坊は経験から知っている。銃腔に煤《すす》がひどくこびりつき、それ以上は弾が篭め難くなるのだ。そうした場合に用いる劣り玉——本来篭めるものよりも径が幾分か小さい弾丸もまた、火の中である。

だからこの七発で決着をつけてくれようと、太郎坊は舌で唇を湿した。元より我が銃弾は一発必中にして一撃必殺。容易《たやす》い仕業だ。

目に映る空は、夕暮れから夜へと既に色彩を変えている。片手と両脚を瓦へ張り付かせ、空けた利き手に銃を握ると、太郎坊はヤモリのように屋根を這った。首を伸ばして見下ろす道々で、提灯の明かりが蠢《うごめ》いている。足並みを揃えて組織的に行き交うそれは、彼を探す遊里の者の網であろう。

うふ、と太郎坊の口元に笑みが浮かぶ。

やはりだ。太郎坊は確信し、猿《ましら》の如く屋根から滑り下りていく。

熟達した彼の目は、この包囲に穴があるのを見抜いていた。大門をはじめとした遊郭の出入り口ばかりに気を払い、内部への警戒が手薄なのである。つまりは逃げる者を追う形だった。銃撃のしくじりにより、篠田屋一派は攻守が逆転したと思い込んでいるのだ。太郎坊が逃げる側、自分たちが狩る側と決め込んでいるに相違ない。

夜闇を流れる提灯の光が、ますます克明にこの穴を浮かび上がらせた。今、最も闇が濃いのは篠田屋の周辺である。

太郎坊は機嫌よく、しかし油断なく歩を進めた。

三味線と小太鼓の音がどこかからする。囃子《はやし》の声と、どっと起きる酔漢の笑いも。それら全ての外側を、太郎坊は行く。小道から小道へ、壁に張り付き屋根を伝い、夜を味方に人の目と意識の死角を、液体のようにするすると滑り抜けた。

寺から篠田屋までは、わずかに大路ふたつを挟んだ距離である。たちまち店の横手につけた。澪屋の一件のためか、篠田屋もその近隣も、暗く静まり返っている。月も雲居に隠れ、ますますもって都合がいい。

押し込んだ後は、と太郎坊は考える。

娘か笛鳴らしに出会ったなら殺す。これは確実なことである。行き合ったのが無関係の者であるならば、手足を折ってから両名の居所を聞き出せばよい。人の痛みどころは心得ている。白状させるまでに時は要さない。そうして目当てのふたりに鉛玉を捻《ね》じ込み終えたなら、残りの五発で気に入った女を殺そう。

徳次郎は事の顛末に文句を言うだろうが、気にする必要はない。「これで手切れにするか？」と問うてやれば沈黙するに決まっていた。今更、椿組の名と力を手放せるはずがないのだ。

上手いこと金をせしめたら、まずは仁右衛門殿を労《ねぎら》わねばなるまい。酒がよいか、女がよいか。あまり欲を見せない御仁だが、人の子である。若い時分には女でしくじったとも聞くし、欲求が皆無ということはないはずだった。北里には良い湯が多いから、それを味わわせてやるのも悪くない。命の洗濯というやつだ。右近と一厘めも、まあ付き合わせてやってよかろう……

少々扱いに困る右近はさておき、実のところ太郎坊は、強者《つわもの》ぶった一匣を嫌ってはいない。わざわざ刺激して遊ぶのは、仁右衛門が仲裁に入ると見越した上でのことである。今回の一件をどう誇張して語れば、あれは一等悔しがるであろうか。そんな思案をして音もなく大笑し、すいと篠田屋の塀に寄る。

「釣り上げたりや太郎坊――ってな」

声と同時に篠田屋の横手、太郎坊にとっては背後となる店の二階に光が生じた。闇中に身を潜めていた何者かが、不意に火を灯したのだ。

「忘れもんだぜ」

ぎょっと太郎坊が振り仰ぐのと、声の主が小袋を投じるのとは同時だった。ふわりと放物線を描くその軌跡を、太郎坊は逆光の中に見る。反射的に手で払い、払ってから、しまった、と臍《ほぞ》を噛んだ。おそらく緩く結ばれていただけだったのだろう。触れた瞬間に革袋の口が開き、中の液体を全身に浴びる羽目になったからである。途端、独特にして強烈な臭気が鼻を襲った。

「これは！」

「言ーったろうが。忘れもんだってよ」

思わず太郎坊が叫ぶ。彼の身に降り注いだのは、紛うことなく彼の一族が火術に用いる油であった。

「どうして燃え残ったのかって面だな？　そりゃ当然、消火の手際が良かったからさ」

わずかな光だけで太郎坊の表情を読み、男は——笛鳴らしの方治は続ける。

「臭水《くそうず》だとか言うんだってな？　水じゃ消せねェ火を起こす厄介ものだそうだが、うちの御前は物知りな上に周到でよぅ。隣近所の天水桶にゃ蓋をして、中身を砂に替えておいたって話だぜ。ぼうふらも湧けやしねェな」

現代では窒息消火と呼ばれる、土や砂を被せて火を消し止めるやり方は、戦国の頃から知られた手法だった。方治が語った通り、これは三十日衛門の手配りである。椿組のひとりが火を能《よ》くすると聞き及んでのことだった。

太郎坊は与《あずか》り知らぬことだが、方治の待ち伏せもまた、三十日衛門の差配によるものだった。見抜いたと驕った警邏《けいら》の隙は誘いの布石であり、太郎坊は巧みに網の穴をすり抜けたに非ず、光を追う虫のように、ただ用意された経路を誘引されたに過ぎない。

この策を知らされた方治は当初、そんなに上手く運ぶものかと首を傾げた。

持ち込んだ火術の種を失い、手には火筒が一丁あるばかり。我が身のこととして考えれば、とうに逃げ切っている状況だ。

先の狙撃が外れたのはただの僥倖《ぎょうこう》だと、誰より方治自身が承知している。あのような幸運が二度続くはずもなく、次の銃弾は間違いなく方治か菖蒲の命を奪うことだろう。不意打ちを仕損じたかに見えて、太郎坊は少しも有利を失っていない。

椿組が一丸となって動くことはないと志乃は明言したが、目的の達成に加えて己の命までもが天秤にかかっている。如何《いか》に癖の強い集団であろうと無理押しはせずに一旦引き下がり、助力を頼んで次の機を窺うのが当然のはずなのだ。

方治がそう述べると、三十日衛門は目を細め、

『駄目なのですなあ。あの手の強いお人はね、方治さん。逃げられないのですよ。背中を見せたら負けだと、そう思ってしまっているのです。負けは惰弱の証明で、それは仲間に、何より自分に見せられない代物なのです。強きを頼むあまりにね、自身の弱さを認めたら、もう立ってはおれないのですよ。何を信じていいのかわからなくなってしまう』

『……そんなもんかねェ』

『嫌なものからは目を背けていたい。見ないふりで、ないことにしてしまいたい。そういうわけですよ』

老人は、言いながらゆっくりと篠田屋を見回す。それならば方治にも、少しばかりわかる気がした。

過《よぎ》る一瞬の感傷を振り払い、方治は夜闇に躍り出る。先の太郎坊を真似るが如くけらぶきを踏んで駆け、抜刀ざまに頭上へと飛ぶ。そのまま、落下の速度で打ちかかった。

反射的に、そして本能的に、太郎坊の筒先が方治へ向く。中空にあって無防備なその腹を銃口が捕捉する。

が、撃てない。

確かに彼は電光石火で射撃の形を整えた。けれど秘伝の油を存分に浴びたこの状態で火を起こせばどうなるか。それは考えるまでもないことである。

であれば、太郎坊は火筒を捨てるべきだった。捨てぬまでも、銃身を盾とすべきだった。しかし、彼にはどちらもできない。刀を受ければ間違いなくこの銃は死ぬ。長年使い込み、微細な感覚までもを添わせた得物の喪失は、銃撃の感覚の狂いを、つまりは鉄砲撃ちとしての太郎坊の死を意味していた。できるわけがなかった。

火と弾丸だけに生涯を費やしてきた。他《た》の全てを見下してきた。双方が封じられたこの瞬間、太郎坊はどうしようもなく無価値だった。

愕然と立ちすくむ彼の脳天へ、方治の一刀が降り注ぐ。

「お前の腕が良いお陰でよ。あの徒花《あだばな》に、命の借りができちまった」

恨み言めいて呟き、方治は柄から手を離す。渾身の刃は、両目の間にまで割り入っていた。太郎坊から視線を外し、方治は夜に佇む篠田屋を振り仰ぐ。今夜の彼は、澪屋火付けの下手人の拿捕《だほ》に向かったことになっていた。平素行う隠密裏の人斬りとは異なって、店の者は皆、先生が修羅場を踏みに出たと知っている。

案じられているなどとは思わないが、始末がついたなら手早く戻らねば色々と騒がしかろう。中でもとりわけ声高そうな若衆姿がふと心に浮かび、

「……めーんどうくせェなあ」

億劫げに節をつけ、方治はくるりと踵《きびす》を返す。

その背の向こうで、火車の骸《むくろ》が地に転げる音がした。

右近化粧面

「太郎坊が斬られた」

仁右衛門と右近を前にして、一厘は開口一番そう告げた。

彼は組の外に、細作《さいさく》めいた人間を飼っている。一厘の耳が一等早かったのも、この働きによるものだった。篠田屋は遊郭の内にある。そして遊郭とは人を集めることを本分とするものだ。大門を潜《くぐ》って出入りする者は数多く、その全ての素性など到底詮索しきれるものではない。妓楼《ぎろう》周辺の出来事を探り情報を持ち帰るのは、実のところ容易《たやす》いことだった。

「初弾を外し、陣取っていた店《たな》を焼いて逃れた。その後夜陰に乗じ、篠田屋に忍び入ろうとしたところを斬られたそうだ」

言い終えて、両名が内容を咀嚼《そしゃく》するのを待つ。

燭台に照らされた一厘の顔立ちは、端整と評すべきものである。銅色《あかがねいろ》に焼けた肌も精悍さを引き立て、それだけに潰れた鼻梁《びりょう》が無残だった。

「確かなことなの？」

「無論だ。手の者が骸《むくろ》を検《あらた》めている。……あの禿頭《はげあたま》は、いずれ俺が叩き割ってやるつもりだったが」

右近に応じる一厘の声に、悼む色はない。だが嘲《あざけ》りもまた、なかった。懐《ふところ》を撫でた一厘の指先で、ちゃらりとどこか寂しく金属が鳴る。

「悪い癖を出したか」

ため息のように言葉を吐いたのは仁右衛門だ。

太郎坊は自身の技量に酔うところがある。それゆえ何を為すにも己《おの》が得心のいく形、好む形での完璧を求めるのだ。彼はここに欠点を内包していた。自身に比肩しうると感じた者と相対した時、あるいは自らが失態を犯したと感じた時。太郎坊は反射的に伸び上がり、周囲を見下さずにはおれなくなる。こんなにも自分の背丈は高いのだぞと、反り返ってしまうのだ。

咄嗟に出る癇癪《かんしゃく》めいた仕業だから、後先を考えていない。陣取った妓楼を焼いたというのもまずこれで、ならば太郎坊は持ち込んだ武装のほとんどを、その時点で失ったに相違なかった。それでも異常な誇りの高さから退却を選べず、強襲を仕掛けて返り討たれたのであろう。

予《かね》てから窘《たしな》めてきた性質だったが、育ち切った人間がなかなかに変わるものではない。とうとう命取りになったかと、仁右衛門は瞑目《めいもく》した。

「あの太郎坊がやられちゃうなんて、笛鳴らしって強いんだね」

「いささかそれは違おうよ」

しょんぼりとした童女の声を、仁右衛門は否定する。

「笛鳴らしのみであれば、太郎坊はひと射ちに葬り去っていたはずだ。だがあれは、地の利、人の利に守られている。太郎坊が拙攻を為したのも、その守りを崩せなんだがゆえであろう」

「なーんだ、なら問題ないね。どっちも、あたしには関係のないからだものねぇ」

途端、娘の声は朗らかに弾み、不意に艶めいた女のものへと転じた。

一厘が不興げに眉根を寄せる。が、口は挟まなかった。彼も声の主——長田右近の変化術は認めざるをえないのだ。

化粧面の右近は声のみならず、他者の姿形を模倣する。顔や背丈は言うに及ばず、目方に仕草、髪形どころか指の長さから爪の形までもをそっくりそのまま、しかも一瞬のうちに写し取ってのけるのだ。化粧面の面とは仮面に非ず、外面《がいめん》の意である。

暗殺者として、最も恐るべき手合いだった。どれだけ堅固な城塞に篭ろうと、どれほど身辺を固めようと、右近は自在にその懐《ふところ》へ潜り入るのだ。

「やはり、ひとりで行くか」

「もっちろん。籤《くじ》の二等はあたしだもの」

あどけない童女の声が、再び答える。

「それに訊くけどさ、あたしの足手まといにならない人っている？　いないよね？」

問いに非《あら》ず、それは確認だった。無骨な男ふたりは頷くより他ない。

「もういい駒だって収めているし、それにね、前からお姫《ひい》さまの体には興味があったんだ」

無邪気めいた言葉のうちに、右近の装《よそお》いが変じていた。いつとも知れず纏《まと》うのは純白の死装束である。もし篠田屋の者が居合わせたなら、我が目を疑ったに違いない。すっくと立った背丈も続く声音も、今や化粧面は菖蒲に瓜ふたつだった。

門下にでも化けて窃視してきた姿であろうと、仁右衛門は見当をつける。右近であれば、紛れて道場に忍び入るなど造作もなかったはずだ。

「思わぬ障りがあるかもと気ままは控えていたけれど。こうなった以上、もう堪えなくてもいいだろう？」

篠田屋に篭る娘は、北里では風変わりの行いで知られていた。貴種と目《もく》される身の上でありながら、男のような形《なり》をして面や篭手《こて》をつけ、平然と剣術《やっとう》の稽古に交じるのだ。

これがなかなかの腕前な上に、生まれに驕ってお高くとまるでも、ごつごつと武張って他と衝突するでもない。気さくな人柄から、伝法な物言いも微笑ましい背伸びとして愛されている。かの養子殿の影を勝手に見出し、「やはり御血筋である」などと持ち上げる輩まで出る始末だった。

これを門人集めの阿《おもね》りと見る向きは無論ある。しかし、実情はそうではあるまい。始末の折、仁右衛門は彼女の父と対峙している。女のように線の細い仁だった。一流の当主に相応しからぬと蔑《なみ》され、文弱などと治世にそぐわぬ陰口を囁かれるのも頷ける、優しげな風貌をしていた。誰もが面《おもて》を伏せる悪事に、ひとり立ち向かわんとする男には到底見えなかった。

当の娘と直接顔を合わせたことはない。だがこの印象から、彼女の行状は家族を思い遣ってのものと仁右衛門は踏んでいる。

口さがない世間から父を守らんと、娘は殊更勇ましく、また奇矯に振る舞ったに違いなかった。好奇の目を一身に集め、形なき悪意の矛先が己のみへ向くよう図ったのだ。

想像でしかないことだが、こうして化粧面が食指を動かすのならまず正鵠《せいこく》を射ているのだろう。そのような情の深さを、長田右近は無上に好む。

「我慢が利かなくならないように、御目文字は遠目で済ませたからな。恥ずかしながらまだ未完成なんだ。調整は、本物をよく見知ってからだ」

「……化け物め」

吐き捨てた一厘へ、右近はにっこり笑ってみせる。未完成との言葉通り、その面《おもて》にあるのは口だけだった。目鼻の位置にはのっぺりと何もない。

「あまり嫌わないで欲しい。お前にそんな顔をされると、どうにも胸が痛む」

比喩ではなく口だけで言い、歩き出したその背がみるみる伸びた。わずか三歩で胸が膨らみ腰が丸みを帯び、気づけば羽織った打掛を畳に引きずっている。

「それでは、行ってまいります」

科《しな》を作って閉めた障子の向こうで、右近がどのような姿をしているのか。最早見当もつかない。

呆れと恐れが同居した顔で首を振った一厘は、仁右衛門の表情に、苦いものを認めた。

「あんた、右近がしくじると思ってるのか」

「……かもしれん」

一瞬迷い、結局、仁右衛門は肯定した。

変幻自在の化粧面は天下一品の芸だ。比肩する術者はおそらくいないだろう。だが太郎坊と同じく、右近にも悪癖があった。頭領格四名《よめい》の中で、最も殺しに淫するのだ。必要のない命までをも、時に愉しみとして奪う。

己のような外道が、殺しの是非を取り沙汰するのは滑稽だろう。しかし、と仁右衛門は思う。酸鼻極まる右近の振る舞いを一度でも見た者ならば、そうは言えまい。たとえば自鳴鐘《じめいしょう》を解体し、どういう理屈で時を告げるかを探るように、右近は人を腑分けする。丹念に、丹念に。できるだけ長く生かしたまま。そうして右近は分解した人間を理解し、新たな面を増やしていく。先ほど右近が用いた声たちも全て、同様の過程を経《へ》て獲得されたものであった。

右近はおそらく、仁右衛門のこの嫌悪感を察している。それゆえ二度と、彼の前で新しく面を作ることはしなかった。だが単独行となれば右近は欲求を抑えまい。先の言いの通りに箍《たが》は外れ、件《くだん》の娘は弄《もてあそ》ばれながら生を奪われる。

無論、右近が娘の顔を得る利点は多い。椿組の束ねとしては吉報を期待すべきであり、成し遂げたならば朗報と受け取るべき仕業であろう。だがあれは余計な恨みを買い、要らぬ敵を作るやり口にして、自ら破滅へとひた走る行いだ。かの三つ首の振る舞いと遜色がない。

「酒をつけてやる」

黙り込んだままの仁右衛門を見かねたのか、呟いて一厘が立った。

「太郎坊の死を北里で触れ回っている者がある。これに加えてあんたが暗い顔をしていたら、下はますます不安がるだろう。飲め。飲んで、少しは眉を開け」

「すまんな。気を遣わせた」

自ら厨《くりや》へ向かう背に頭を下げる。返答はなかったが、足音が少しばかり速まったようだった。おそらくは照れ隠しであろう。仁右衛門は小さく笑った。

＊＊＊

特に健啖というわけではない。

けれど菖蒲は、妙にものを食べている印象がある娘だった。理由は至極単純で、ちまきに羊羹《ようかん》に松風《まつかぜ》と、店の者たちが彼女を見かける都度に小切れの菓子を与えるからだ。頂戴すると菖蒲は必ず、「一緒にご馳走になろう!」と周囲や仲良しの袖を引く。これでますます悪目立ちするものだから、食べてばかりという所感が強まるのである。「御前様がよいものばかりをくださるのも困りものだわ。ご相伴にあずかる身でなんなのだけど、お嫁に行く前に舌が肥えてしまいそうで……」

とは、菖蒲と親しいおけいの弁である。

元々物を贈られることの多い三十日衛門であるが、自身は甘味をあまり好まない。これまでも店の女たちに福分けすることがよくあったが、菖蒲が来てからは、その頻度がとみに増している。老人にとってこの娘は、客人というよりほとんど孫代わりなのだろう。だが苦言を呈するおけいにしても、菖蒲に招かれれば困り顔をしながら必ず応じるし、自身でも水菓子を購《あがな》って分け与えているのだから同罪である。

しかし「お嫁に行く前に」との言いは上出来だと、方治は思う。

おけいは間もなく佐平に落籍《ひか》れる身の上である。望み望まれてのこととはいえ、やはり金で買われる側面は拭えない。けれどもおけいは微笑むのだ。実に幸福そうに、それを嫁入りと言ってのけるのだ。妓楼《ぎろう》に生まれ妓楼で育ち、身を売って生きるしか道のなかった不幸の果てに到着するのがその心地なら、なんとも羨《うらや》ましいことだった。

とまれ、そうして菖蒲を甘やかす連中が言うには、実に楽しげに嬉しげに、何より美味そうに食するさまが見物《みもの》なのだという。慕われているというよりも、愛玩動物の扱いではあるまいか。そう思わなくもなかったが、声には出さない。過日、菖蒲の背後を通り際に「そろそろ馬の肥える時分だなァ」とひと刺ししたところ、めったにない迫力で睨まれた。同席のおけいからも冷たい視線を浴びせられ、やはり口は災いの元と痛感したばかりである。

それでなくともこのところ、方治はますます菖蒲に弱い。鬱屈した憧憬に加えて、弾丸から救われた恩までもができたからだ。

とはいえ菖蒲の態度は何ひとつ変わっていない。「方治、方治」と懐いて回るのは相変わらずだし、命の貸しを笠に着て居丈高にするでもない。方治が勝手に引け目を感じているだけなのだ。しかし方治自身にとっては、如何《いかん》ともしがたく据わりが悪い。とっととこの借財を清算したいところではあるが、借りを返したいから窮地に陥れ、というのはまた随分な矛盾だろう。どうにもならない心地の結果として、菖蒲に押し負ける回数が増えている。

「優しくする言い訳ができてよかったですね、せんせ」

それを指して、おこうなどは声を立てて笑う。咎めて睨めばたちまち菖蒲の背に隠れ、よくわかっていない本人が仲裁めかして乗り出してくるのだから手に負えない。

真顔で「こら、方治。おこうをいじめるな！」などと叱られてしまえば、これはもう腐るしかないではないか。

そうした次第で、このところは用件のない限り、方治は居室でごろ寝を決め込んでいた。

だがこの手のやんわりとした拒絶に気づかないのが菖蒲である。夜見世の頃を迎えて暇になったのか、今日も「方治、方治」と無遠慮に部屋を訪れ、側臥《そくが》する彼の前にちょこりと座った。

「気にしなくていいぞ！」

何をしに来たと問う前に、言ってのけたのがこれである。

「……おいおい、出し抜けにどういう話だよ？」

「実は方治がこの間のことを気に病んでいると言わ……気に病んでいると気づいたんだ。だからそんなの全然構わないって言いに来た。くよくよするな。いつもの傍若無人な方治が私は好きだぞ」

「無礼者がお好みかよ」

「あと、もうちょっと意地悪をしなくなれば尚更いい」

「あーあー、もう悪いだらけが俺でいいさ」

隙だらけであけっぴろげな彼女の調子に巻き込まれると、何もかもが馬鹿らしくなる。方治はごろりと大の字に転げ、菖蒲の姿を視界から外して天井を見た。それでも返答を待ち受ける雰囲気がひたひたと押し寄せてくるので、諦めて口を開く。

「そう言われてもだなァ」

「うん」

「守る側が守られたとあっちゃ、沽券《こけん》に関わるわけだ」

「だけど、方治にばかり体を張らせるのは気が引ける」

あまりに見当違いの物言いに、上体を起こした。「あのなあ」と頭を掻いて座り、

「いいか、菖蒲。お前と俺とじゃ値《あたい》が違う。そもそも死ぬわけにゃいかねェからここへ来て、払うもん払って命の安堵を頼んだんだろうが。なんだってそんなに前へ出たがる。大人しく引っ込んで座って見てろ」

嚙んで含めるように諭す。だが菖蒲は言下に首を横に振った。

「それは嫌だ」

「なんだってそうも意固地だよ？」

呆れてため息をつき彼女を見やると、強い眼差しが見つめ返してくる。

「私が助けられる側だからだ。助けを求めたのは私なのだから、誰よりも目的に真摯《しんし》

で、一番一生懸命でなければと思う。でないと、力を貸してくれる皆に失礼だろう?」

そう言って菖蒲はわずかに口元を緩めた。どこか遠くを思う目をして、「それに」と付け加える。

「私の好きな人が、私の知らないところで死んでしまうのはもう嫌だ」

「……」

突然に父を殺され、予期せず謀略の渦に巻き込まれた。そういう娘だと承知していた。だが知識として聞き及んだだけで、当の菖蒲の心中を、少しも量っていなかった。そのことに方治は思い至る。

彼はただいつものように、羨望していただけだった。わかりやすく大きな不幸に呑まれた幸運を、周囲から同情を受け、手を伸べられる幸福を、羨《うらや》んで眺めていただけだった。呑気なほどに明るい振る舞いが、菖蒲の身の上の暗い影をすっかり失念させていたのだ。

それでも、命の張りどころを間違えていると指摘することはできただろう。

しかし、それは方治の理屈だ。納得を得られるとは到底思えなかった。言葉だけでは、彼女は梃子《てこ》でも動くまい。これは菖蒲という人間の根の部分に関わっている。過日、太郎坊の執着を読みきれなかったように、方治にはその肝心を読み解けない。

けれど。

——そう決め込んで何もしなければ、本当に何もできないままになってしまう。

その言葉が子供じみた矜持《きょうじ》ではなく、恐れに似て非なる何かだったのだと理解ができた。

「だからこの前の夜、方治がひとりで出た時も心配だったんだぞ」

「そいつァどうも、不甲斐ない用心棒で申し訳ございませんねェ」

「拗ねた言い方をするなっ」

ぺちりと方治の膝頭を叩いてから居住まいを正し、菖蒲は真剣な面持ちをした。

「あの時やっと気がついたんだ。きっと世の中のひとりひとりに、なくしたくない人がいるんだろうなって。父は、それを知っていたんだろうなって」

少しだけ、握った小さな手が震えた。方治は見て見ぬふりをする。

「聞いてくれるか？」

「ああ」

「父は柔和で、線の細い人だった。文弱と言われるのをこっそり気に病んでいたくらいだ。だから不思議だった。どうしてあんな殺され方をするような真似ができたのか。どこにそんな強さを隠していたのか。私にはまるでわからなかった。でも、全部そういうことだったんだ。王子屋の跋扈《ばっこ》を捨て置けばあいつらは飽食する。たくさんの人の、なくしたくないものを下敷きに。父はそれを止めたかったんだ。私を含めたたくさんの人を守るために、父は動いてくれたんだ。だから絶対、無駄死にで終わらせたくない。私はその志《こころざし》を継ぎたいと思う」

抜き身のような声音で、姿勢で、瞳だった。どこまでも強く鋭く、研ぎ澄まされている。

「正直を言えば、どうして父で、どうして私なんだって気持ちはある。だけど私たちならできて、私たちがするのが一番だったんだ。なら、仕方ないだろう?」

菖蒲がすいと壁の側へ視線を動かす。その先にある北里の地を、遠い街並みを、心に浮かべているのだろう。それから、莞爾《かんじ》として笑った。吸い込まれそうに透き通った横顔だった。

「これはきっと、父と同じ心地のはずだ。死にたいとは思わない。だけどわずかなりとも身を惜しむつもりはない。私が父の後を引き受けたように、私では届かなくても、私の背を見た誰かが引き継いでくれるかもしれないからな。そういう次第だ、方治。悪いが私は……」

「いいさ。好きにしろ」

手のひらで菖蒲を遮り、方治は肩をすくめてみせる。

「どうせ何言ったって聞きやしねェんだろう。なら好きにすりゃいいさ。ただし、無闇に首を突っ込むのはよせ。動く前には必ず俺に声をかけろ。わかったな？」

「もちろんだ。大願がある以上、無茶はしない」

言い渡すと、飛び切りの良い返事が来た。絶対わかっちゃいねェなと、方治はもう一度嘆息して眉根を揉む。

「あ、でも」

「でも、なんだよ？」

「また方治が危うければ、その時は勝手をするぞ」

「……不甲斐ない用心棒で申し訳ございませんねェ」

「拗ねるな。それから気にするな」

へいへいと適当な相槌を打ち、方治は胡座《あぐら》の膝に肘を乗せた。菖蒲から目を逸らして壁を眺める格好だが、こちらは別段、郷里を思ってのことではない。

「そういや、よ。確かまだ言ってなかったような気がしてな」

「？」

往生際悪く引き延ばし、更に二度三度と逡巡してから、

「まああれだ。こないだの、言うなればお前が勝手をした件なんだがな。その……ありがとうよ」

「──うん！」

一瞬きょとんとしてから、何についての感謝か気づき、菖蒲は勢いよく頷いた。胸の前で両拳を握り、ぱあっと顔をほころばせている。先ほどとは異なる年相応の笑みを見届け、「で」と方治は継ぎ足した。

「こいつは誰の入れ知恵だ？　俺が気に病んでるなんてェ話を、どいつがお前に吹き込みやがった？」

「誰でもないぞ。私がちゃんと自分で気がついたんだ。誰かに教えられてのことじゃない」

口ではきっぱり言いながら、露骨に目が泳いでいる。ふむ、と方治は顎を撫でた。

「おこうか」

「違う」

「おこうだな」

「違うと言っているだろう！」

面白いほどに狼狽し、菖蒲はあたふたと逃げていった。どうせ言い訳も入れ知恵されるだろうが、方治が気づいたことが伝われば、おこうもこれ以上余計なくちばしを挟もうとは思うまい。

　それにしても、と方治は人の悪い微笑を口元にためる。

　次に顔を合わせた時、釘を刺されたおこうはどういった振る舞いを見せるのか。志乃ならば平然と知らぬ素振りで通すだろうが、純なところのあるおこうにそれは無理だ。おそらくは気まずげに、けれど自分から詫びはできないまま、つかず離れずの距離でおどおどとするような具合だろう。

　そこであまりからかえば、また菖蒲が割って入るに決まっている。塩梅《あんばい》を見極めつつ、さて、どれほど困らせてやったものか。

　意趣返しを練りながら腰を上げ、方治は開け放たれたきりの襖を抜けて部屋を出た。日の落ち切る時分から、色里は本来の賑わいを見せ始める。だが人足《ひとあし》が増せば、悪さの割合もまた増えるのが自然《じねん》だった。居残りの笛鳴らしは用心棒も兼ねている。椿組のことがなくともこの刻限、内所《ないしょ》の傍らに居座るのが方治の常だ。定位置に陣取って壁にもたれ、懐手《ふところで》の仏頂面でじろり睨みを利かせていると、

「先生、また菖蒲様をからかったの？」

　二階から下りてきたおけいが平気の顔で寄ってきて、耳元に囁いた。

「おっと、ご注進があったかい？」

「そうではないけれど……」

菖蒲に愚痴でも吐かれたのだろう。察して問い返すと、眉を寄せ、おけいは曖昧に微笑んだ。これは彼女が、腹中の思念を噛み殺す折の癖である。それを見知っているから、方治は言葉に出ないおけいの咎めを聞き取り、頷いた。

「ま、今度甘味で機嫌を取っておくさ。袖を引かれるおけいにゃ迷惑だろうけどもな」

「迷惑だなんて、そんなこと。でもそれなら、先生が一緒に食べてあげた方が喜ぶと思うわ」

「誰かさんと同じで、俺も好みじゃあなくってな。同じ饅頭《まんじゅう》なら毛饅頭の方がよっぽどいいさ」

「もう、先生。菖蒲様の耳のあるところで、そんな文句を口にしてはいけませんからね」

ぴしりと窘《たしな》められて、笛鳴らしは軽く肩をすくめる。

「やーれやれ。あいつのお陰で皆様お行儀が良くなっていけねェや。跳ねっ返りの上に騒々しい。おまけにあれこれ駄々までこねる。とっとと縁を切りたいもんだな」

「――そうね。本当に、そう」

憎まれ口に思わぬ賛同を示されて、方治は意外の表情でおけいを見つめ返す。訝しげな視線を受けて遊女は目を閉じ、けれど思い切るように深呼吸をして続けた。

「いつまでもこんなところにいてはいけないわ、あの子」

おけいがこれほど強くものを言うのは珍しい。随分と、深く入れ込むふうだった。少しばかり圧《お》されて方治は口を噤《つぐ》み、女もまた、恥じてうつむく。

「……それはそれとして、だ」

いささか気まずい沈黙が落ちかかるのを察し、笛鳴らしは話を逸らす。

「わざわざこんなとこまで出向いて、どうしたよ？　俺に用でもあったのかい？」

言われておけいは、あっと口を押さえた。

「実は菖蒲様を探していたの。今日は佐平さんが来る日だから。紹介まではできなくても、顔を見ておいて欲しいなって」

愁眉を開いて、ぽおっと頬を薔薇色に上気させる。身請け話がすんなりとまとまったのも、このふたりの相思相愛ぶりが知れ渡っていればこそだった。つまるところおけいは、周囲が辟易するほど惚気《のろけ》が盛大な女なのだ。この時ばかりは普段の気後れも気遣いもどこへやら、彼女の舌は止まることを知らなくなる。

菖蒲を探していたとおけいは言うが、ここへ現れたのは十中八九、意中の男の出迎えのためであろう。とすれば佐平の訪いまでの暇潰《いとま》しに、方治は絶好の惚気《のろけ》先ということになる。こいつァまたぞろ長くなるなと天井を仰ぎ——直後、方治は強烈な視線を感じて身構えた。

なんとも薄気味の悪い目だった。注がれた折の感触は、敵意殺意に似ている。加えてそれは異質な粘《ねば》っこさを伴っていた。じっくりと獲物を見定めるような、ねっとりと素材を検分するような、恐ろしく濃密な眼差しだった。額にひと筋、汗が伝う。椿組に相違なかった。方治の手は、いつしか柄《つか》に伸びている。

出所《でどころ》を求めてはったと睨んだのは門前だが、しかし人の往来が多すぎる。一瞬で消え失せた肌触りを辿るのは困難だった。

舌打ちをして、方治はゆっくりと顎を撫でる。

笛鳴らしの警戒を嘲るが如く、気配は潜行したきり現れない。詰めていた息を吐き、肩の力を抜いた。相手方の魂胆は知れないが、少なくともこの場で事を起こすつもりはないと踏んだのだ。傍らのおけいが、そのさまを見取って緊張を緩める。突然面持ちを険しくした方治に荒事を予感し、怯える小鳥のように身をすくめていたものらしい。

「驚かせちまったな。ちょいと、悪く見知った顔が通ってよ」

通りから目を戻し、誤魔化しつつ軽く詫びる。おけいは「いいえ」といつもの曖昧な笑みで答え、転瞬、その顔がぱっと色づいた。

「佐平さん！」

華やいだ声を辿れば、店先に立つのは彼女の思い人である。

「おけい！」

駆け寄りながら佐平もまた、蕩《とろ》けた響きで名を呼び返す。ふたりは互いに満ち足りた笑みを交わし、初めからひとつの生き物であったかのように固く抱擁をした。

しばらくは気を利かせ、他所《よそ》を向いていた方治だが、あまりに長くそのままでいるふたりにやがて焦れた。わざとらしく大きな咳払いをくれてやると、おけいと佐平はぱっと飛び離れる。赤面しつつへどもどと会釈し、それでようやく両人は階上へと向かった。おけいは局《つぼね》女郎。襖障子で仕切っただけの簡素なものとはいえ部屋持ちであり、客を迎えるのは自室なのだ。

睦まじく寄り添って去る背を見送り、お幸せなこったと方治はもう一度天井を仰いだ。

＊　＊　＊

明くる日は、抜けるような晴天だった。

ゆっくりと室内を見回し、昨夜の行為の痕跡がすっかり片付いているのを確かめてから、窓を開く。

昼近くなって風が吹き出しても好天は変わらず、今も流れてくる雲はひとつとてない。気分の良い青を眺めながら空気を入れ替え、くうと思い切り手足を伸ばした。改めて身支度を整えて立ち、最後にもう一度、しっかりと部屋模様を見定めて襖を開ける。

「おけい、おけい」

廊下に足を出したところで、折よく呼ばれた。駆け寄る軽い足音に向き直れば、声の主は想像通りの人物だった。

「あら、菖蒲様。何か御用？」

「うん。夜のうちに方治から、おけいが私を探していたと聞いていたんだ。気にはなったのだけれど、でもほら、昨日はいいひとが来ていたというからな。邪魔をしたら悪いと思って、今まで待っていた」

　この遊郭の大門は暁七つ（午前四時）に、夜明けの鐘に先駆けて開かれる。女たちは開門に合わせて後朝《きぬぎぬ》を交わし、客を見送った後は二度寝をするのが常だった。彼女らが再び起き出してくるのがおよそ朝四つ（午前十時）。ちょうど今の時分であり、菖蒲はそれを待ち受けていたのだ。

「大した用件ではありませんのに」

「いいんだ。いつも私の話ばかり聞いてもらっているだろう？　だからおけいの言いたいことだって、私はちゃんと全部聞くんだ」

　困り顔に似た微笑を作ると、菖蒲が胸を張って請け合う。

「そう仰《おっしゃ》ってくださるなら、菖蒲様のお部屋で、ちょっといいかしら？」

「別に、おけいのところでも構わないぞ？」

　菖蒲が起居する一間《ひとま》は、内所《ないしょ》の更に奥まった先にある。おけいの居室からは少しばかり距離があった。場所を移す手間を考えての言いだったのだろう。

「佐平さんが来たばかりですから、今は、ちょっと……」

　情事の名残《なご》りを匂わすと、たちまち菖蒲ははにかんだ。くるりと向きを変えるなり、「じゃあ私の部屋でにしよう」と先に立つ。ほくそ笑んで無防備な背中に続き、後ろからそっと囁く。

「それにしても、佐平さんたらひどいんですよ」

「え、何かされたのか⁉」

「されたのではなくて、してくれなかったの。今朝、起こしてくれなくて。『疲れている様子だから、寝かしておいてやっておくれ』なんて言い含めて、ひとりで帰ってしまったのよ。つれないと思いません？」

おけいと佐平の場合であれば、これはふたりの仲が深い証左だろう。そう思って店の者も咎めなかったが、男の心を捕らえるべく、後朝《きぬぎぬ》に手管を尽くすのが遊女の本来だ。

客の帯を握って「また来る」と約束させるまで放さない、羽織に座《ざ》った上で「早くお帰りくださいな」とそっぽを向いてみせるなどといった様子が戯れ歌にも詠まれている。こうした芝居の内心を暴かず、可愛い仕草と受け止めて合わせるのが粋人《すいじん》とされていた。

そのような経緯《いきさつ》はまるで知るまいに、菖蒲は物のわかったような顔で頷いて、

「男は皆、意地が悪いからな」

と言ってのける。

「方治もそうだ。約束をしたのに、ちっとも笛を聞かせてくれない」

「笛？」

「ほら、おけいも褒めていただろう？」

「ああ、先生の」

菖蒲の声に怪訝の色が滲むのを嗅ぎ取り、危ない危ないと長田右近は心中で舌を出す。たったひと晩の解剖では、やはり知り尽くすには足りない。外見《そとみ》はともかく、内面の把握が覚束ない。特に笛鳴らしの笛は斬法だとの頭があったから、不自然に返答が遅れてしまった。

「菖蒲様は先生が、本当にお好きなのね」

当然、失態による揺れはおくびにも出さない。何でもない顔のまま、娘の反応が良さそうな話題を献じる。

「……うん。似ている気がするんだ　私と方治は」

果たして、狙い通りに気が逸れた。菖蒲はわずかに背筋を伸ばし、益体《やくたい》もない呟きを紡ぐ。

「どこにも居場所がないみたいに思ってる。方治からはそんな感じがする。わかると言ったら怒られるだろうけれど、なんとなくわかる気がするんだ。私も、おんなじだからな」

それから肩ごしに振り向いて、朗らかに笑んだ。

「知られたら臍《へそ》を曲げそうだから、方治には内緒だぞ?」

「はいはい、ごちそうさま」

右近は、おけいそのものの曖昧な笑みを返しつつ、世に寄る辺なしなど当然だろうと考える。


長田右近は、背丈の小さな男だった。

子供のような、という形容がぴったりと当てはまるほどで、手足は棒きれめいて細く、鼻は低く唇は薄い。見た目の通りに力がなく、何をさせても役に立たない。親を含めた大人たちからは早々に見切りをつけられた存在だった。同じ年頃の童たちは更に残酷で、事あるごとに彼の短躯をこぞって嘲り笑った。生まれ故郷のどこにも、右近の居場所はなかったのだ。

その彼を見出したのは、小さな旅芝居の座長だ。はした金で一座に売られ、先行きを諦めきっていた右近に、彼はこう告げた。

「羨《うらや》ましい体だな。お前は何にでもなれる。大男に小娘の役はできん。だが逆になら化けられる。お前は変幻自在だ」

初めて人に認められた瞬間だった。それから右近は、言われるがまま芸にのめり込んだ。気質が向いており、また地頭《じあたま》の良さも幸いしたのだろう。右近は次第に才覚を発揮し、評判を取るようになった。女形《おやま》を務めることが多かったが、偉丈夫として立ち回りを披露することもあった。獲得したささやかな自信は舞台を踏むたびに膨らみ、確固たるものへと成長していった。

化粧をして演目をすれば、誰も彼もが自らを褒めたたえる。その興奮は右近を虜《とりこ》にした。彼はますます芸に専心し、ある時、ふと思ってしまった。

架空の役ではなく実在の人間を演じるのは、どのような心地がするのだろう、と。

右近は賞賛を求めていた。今以上の賞賛を求め続けていた。

そうして、彼は道を踏み外した。

一座は祭りに合わせて懇意の村々を巡る。寺社の敷地に仮設の芝居小屋を建て、そこで興行を打つのだ。事が起きたのは——否、発覚したのは、とある村でだった。

芝居を終えて一座が去り、村の者が小屋を取り壊そうとしたところ、そこから切り刻まれた死体が出たのだ。ひとつやふたつではない。十数人分もの屍である。いずれも一寸刻み五分刻みに解体された無残なものだったが、不思議とどれも首から上だけは綺麗だった。そのために顔がわかって、村人たちはまたも驚愕した。

死体の全てが、先ほど村を発《た》った一座のものであったからだ。「また来ます」と頭を下げていった座長も、鷹揚に手を振って荷物を担いでいった怪力男も、こまっしゃくれた飯炊きも、まだ小さいながらも舞台に上がっていた座の子供たちも。全員が己の血と肉に埋もれるようにして死んでいた。

当然、では先ほど見送った一座はなんだったのかが話に上る。けれど、誰にも真相はわからなかった。

唯一死体の見つからない右近が早変わりを得意としていたことから、彼が一座の者をひとりずつ殺し、自らが代役を演じて気取られぬようにしたのだなどと憶測する者もいたが、無論一笑に付された。頭数の少ない一座とはいえ、あの全てを単独で演じきるなど、到底人にできる仕業ではない。

結局事件は一座に恨みを持つ複数人の凶行として片付けられ、右近は下手人に拉致されたのだと解釈された。村を出た偽一座の行方は、杳《よう》として知れぬままである……。

夢のような一幕を思い返し、右近の瞳を暗く濁った喜悦が過《よぎ》る。

あれは家族同然に暮らした一座なればこそできた、最高の晴れ舞台だった。

その快楽は毒のように右近の手足を蕩けさせ、背骨を甘く痺れさせる。まさしく羽《う》化登仙《かとうせん》の心地だった。自分を見出してくれた座長には、いくら感謝しても足りるものではない。

以来同種の法悦を求め、右近は人間の蒐集《しゅうしゅう》をし出した。金銭を集めるように、宝物を集めるように、他者の人生を集め始めたのだ。役柄を見事に演じれば拍手喝采。それが舞台の常である。彼はますますの賞賛を欲し、本物を超えて本物めく演技を磨き続けた。

その果てに椿組に至った化粧面は、現状をいたく気に入っている。

王子屋徳次郎という人間は、少々どころでなく気に入らない。だがこの男との同盟は、右近の抱《いだ》く欲を満たしてくれる。何より、誰憚ることなく大通りを歩けるのがよかった。藩の首根っこを掴んだも同然の状態だから、司直も彼を避けて通るのだ。やはり役者は、見られてこそだと右近は思う。その点で言えば、一厘の過剰な反応は冥利に尽きるものだった。つい化け方にも熱が入る。男装の折は男扱い、女装の折は女扱いしてのけるなど、太郎坊も洒落のわかる男だった。唯一、仁右衛門がこの至芸に理解を示さないのは悲しいことだが、感性の違いはままあるものだ。残念に思いこそすれ、それを理由に厭いはしない。

だから右近は、今回の仕事にも大変乗り気だった。王子屋の目論見はどうでもいい。菖蒲を名乗るあの娘を面として手に入れれば、椿組は今以上の目を見ることができると思ったからだ。

しかし、一番手に決まったのは太郎坊だった。娘は彼の欲情のままに殺《あや》められ、物言わぬ骸《むくろ》と成り果てるに違いない。右近はうなだれ、それでも諦めきれずに自らも動いた。

篠田屋の常連を洗い、その結果として目をつけたのが佐平である。遊女と恋仲にあることで知られた男で、その女が部屋持ちというのも都合がよかった。機を窺って攫《さら》い、じっくりと彼を写し取った。凝り性の太郎坊は、火筒を使う場所を選ぶのに時をかけるのが常だった。ならばこの面を使ってそれを助《す》け、恩義で言いくるめて娘を長らえさせようと考えたのだ。

が、驚くべきことに太郎坊は斬られ、佐平の面が自身の仕込みとして役立つこととなった。

一厘の招集によりその死を知った右近は、急ぎ相沢藩に舞い戻った。約定の日を待ち、佐平の姿を極上の駒として篠田屋に乗り入れ、おけいを買った。そうして、ひと晩で彼女を学んだ。生かさず殺さずの拷問は、忍び崩れの太郎坊から手ほどきを受けていた。ただの女に耐えうるはずもない。彼女は右近の望む限りを吐かされた。

更におけいの精神を苛《さいな》んだのは、この残酷非道な所業を行うのが心から愛した恋人という事実である。彼女は佐平の豹変にただ自失し、狼狽し、恐怖した。やがてその顔が諦めで塗り尽くされた頃、右近は佐平がもうこの世にいないことを教えてやった。その折の反応は見物《みもの》だった。ただでさえ血の気の失せた顔がさあっと白くなり、次いで絶望に塗り潰されたのだ。一瞬で目は光を見ず、耳は音を聞かなくなった。心が死んださまが、はっきりと窺えた。生じた激情は右近の心魂を打ち震わせ、必ずやこの感激を我が芸に取り込もうと決意させるほどだった。夜が明ける頃におけいを死なせてやったのは、感謝から発した慈悲心である。

骸を抜かりなく解体すると、右近は肉片と作業に用いた道具類を手荷物に押し込み、佐平として朝帰りをした。そして遊郭の外におけいだったものを捨て、それから篠田屋の牛太郎《ぎゅうたろう》に化け直し、妓楼《ぎろう》に舞い戻ったのである。

斯様《かよう》にして右近は、菖蒲の傍らへ這い寄った。

まず狙うのは、娘の持つ書状である。その在り処だろう居室へと案内を受けつつ、右近は後のことへと思案を巡らせた。

残る難題は如何《いか》にして娘を外へ連れ出すかだが、これについてはどうとでもなろうと楽観している。笛鳴らしの姿を拝借し、適当な理屈をつけてやれば、おそらくはそれで済む。篠田屋の面々が、厚く信を置く先生の行動を疑うわけがないからだ。意識の死角を利するこの種の業こそ、化粧面の真骨頂である。

幸いにも妓楼《ぎろう》を訪れた段で、笛鳴らしの五体は見定められた。ひと目見て、ひと声聞く。外見《そとみ》を真似るのみならば、右近にはそれで十分なのだ。視線を気取られ肝を冷やす局面もあったが、お陰で化けるのに不都合はない。

舌なめずりするように考える右近の前で、ぴたりと菖蒲が足を止めた。彼女の居室に着いたのだ。だが細く襖を開け、半分だけ体を滑り込ませたところで、「そういえば」と肩越しに娘は振り向いた。

「おけいは、もうすぐだったな?」

おいでなすったな、と右近は思う。

三十日衛門一味が椿組の情報を探らないはずがなく、そもそも菖蒲は北里藩の人間である。化粧面の名と業を聞き及んでいて不思議はない。時さえあれば誰にでも成りおおせる右近だが、如何《いかん》せんこの面は急ごしらえだ。これまでのやり取りのどこかで粗を出してしまったのだろう。右近のおけいに疑心を抱き、問答で正体を見極めようというのに違いなかった。

「ええ、もうじきですよ。もうじき佐平さんが身請けしてくださるの」

控えめな微笑で、けれど幸福の面持ちで、右近は菖蒲が舌に乗せなかった部分を口に出す。

「そうか。私はその頃にはここにいないだろうけれど、なら嫁ぎ先でもたくさん食べられるといいな」

「え？」

「ほら、おけいはわりと甘味が好きだろう？」

つまらない鎌かけだと、腹の中で嘲った。嗜好も身請け話も、当然の知識として把握し、記憶している。右近の脳髄には数百を超える人生が蓄えられているのだ。

「やだ。誰かと勘違いしてますよ。あたしは甘いものはあんまり……」

「やっぱり、そうだったのか。初めて知った」

口上を遮ったのは、ひどく冷たい声音だった。吐き捨てざま、菖蒲は半身になって襖を抜ける。薄く隙間を開けただけの唐紙に阻まれ、右近は咄嗟に後を追えない。その間《かん》に室内で反転し、菖蒲は佩刀《はいとう》を抜き放った。

「いつも付き合ってくれるけれど、水菓子以外は食が進んでいいなと思っていたんだ。好きじゃないなら、ちゃんと言ってくれればよかった」

苦手を苦手とは告げず、曖昧な笑顔のまま受け入れる。それはおけいらしい我慢と気遣いだった。一方、右近は知りえた情報を存分に披露すること、演技を見せつけることばかりを意識している。他者に共感しない彼にとって、これは思わぬ陥穽《かんせい》であり、そして避けえぬしくじりだった。

おけいならば決してしない真情の吐露が、右近の馬脚も露《あらわ》にしたのだ。

「あの、菖蒲様」

「おけいは、いつもお嫁に行くと言っていた。とても幸せそうに言っていた。身請けだなんて、絶対に言わなかった」

言い繕おうとした右近を遮り、菖蒲は剣を低く引いて構える。障害物が多い室内は斬撃に向かない。ゆえの、露骨な突きの姿勢だった。

「化粧面。確か、長田右近だったな」

気迫に満ちた声で、ぴしゃりと看破してのける。襲いくるであろう椿組については、三十日衛門から聞き出していた。刺客の手口が知れれば、少しは役に立てるだろうと考えてのことだったが、それが図に当たった格好だ。

菖蒲の強烈な確信を悟り、右近は首を横に振る。最後までだまくらかしてやろうと欲をかいたのが失策だった。面を暴かれるのは途方もない屈辱であったが、甘んじて受けよう。この失態は、芸の肥やしとせねばならない。

「……駄目だな、付け焼刃は。おれとしたことが大しくじりだ」

姿形はおけいのまま、声だけが変わった。甲高くも太い、それは男の声だった。

「おけいを、どうした！」

「あんたは聡い。訊かずとも、わかってるんだろ？」

動揺の生じた隙に、右近もするりと襖を潜《くぐ》り、後ろ手に素早く閉ざす。

ほぼ同時に怒りに満ちた切っ先が来た。光芒《こうぼう》めいて鋭いそれへ、右近は敢《あ》えて無防備に身を晒す。そうしておけいの顔で菖蒲を見つめ、彼女そっくりの微笑を見せた。

途端、菖蒲の剣先が惑う。当然の迷いだった。頭で偽りとわかっていても、感情はそうはいかない。どう確信しようと、見知った姿形を容易《たやす》く斬れるほど、人は冷淡にも冷徹にもなれないのだ。

鈍った太刀をふわりと躱し、右近は菖蒲の懐《ふところ》に潜り込む。細く小さく見えて、今の右近の五体は頑健な筋肉に鎧《よろ》われていた。そのまま娘の脾腹《ひばら》へと繰り出された掌底は、大の男を一撃で昏倒せしめる威力を孕んでいる。が、菖蒲は辛くもこれを逃れた。咄嗟に柄から離した手でどうにか払い、打点を逸らしてのけている。

軽い驚きに、右近の眉が上がった。

解剖用の懐剣と針を除けば、彼の持ち物は全てが化粧のための道具である。菖蒲に比して武装は貧弱と言ってよい。ただでさえ生け捕りのための手加減は困難だというのに、これは面倒な状況だった。

そもそも長引けば騒ぎを聞きつけて何者かが——おそらくは笛鳴らしが駆けつけると危惧したから、手早く娘を処理すべく、右近は言葉で菖蒲の激情を誘ったのだ。感情任せの剣に空を切らせ、その間隙《かんげき》でひと息に勝負を決めようと企《くわだ》てたのである。だというのに、なんたることか、娘は未だ無事だった。

「とんだ跳ねっ返りだ」

奇《く》しくも方治と同じ感慨を述べ、右近は認識を改める。ひらりと両の手首を返すと、手妻のように小刀《こがたな》が現れた。

「手足を縫えば大人しくなるか」

毒の如き殺意が部屋中を満たし、菖蒲は思わず一歩退《しりぞ》く。けれど怯懦《きょうだ》を恥じるように、すぐさま構え直して右近を睨めた。

菖蒲の一刀が、右近の双刀が、差し込む陽光を反射して煌く。

直後、ふたつの影が交錯した。

＊　＊　＊

方治が菖蒲の居室へ駆けつけたのは、立ち回りの気配を鋭敏に嗅ぎ取ったゆえである。内所《ないしょ》の奥からわずかに届いた声と音が昨夜の視線と噛み合って、笛鳴らしに危急を悟らせたのだ。

おっとり刀の彼は体当たる勢いで襖を大きく開け放ち、そうして、抜刀したまま荒い息をつく白装束を見出した。室内の調度はあちこちが切り裂かれ、激しい戦いの跡を残している。

「おい！　おい、菖蒲！」

方治の姿も目に入らない様子で立ち尽くす菖蒲の肩を揺さぶると、彼女は夢から醒めたように瞬《まばた》きをして、それからほっと安堵の色を浮かべた。

「大丈夫だ。襲われたけど、どうにか追い払った」

「椿組か」

舌打ちして、方治は苦い顔をする。先の狙撃と併せて、立て続けに二度も出し抜かれた格好になる。だが悔いを噛み締める前に、菖蒲が大声を張り上げた。

「そうだ、それよりもおけいだ！」

「おけいが、どうかしたのか」

「曲者がおけいに化けてたんだ。あいつに何かされたのかもしれない」

方治はもう一度舌打ちをして、鋭くおけいの部屋の方角を見た。

「俺が見てくる。お前は大人しく内所《ないしょ》にでも引っ込んで……」

反射的に言いかけて、方治は中途で言葉を呑み込む。だが菖蒲はまるで気づかず、

「わかった」と刀を鞘に収めながら頷いた。

「でもあいつがどこに逃げ隠れたか知れないし、くれぐれも気をつけてくれ」

「ああよ」

「それから、すまないが、その」

おずおずと言いよどみ、菖蒲は上目遣いに方治を見る。

「少しばかり心細い。内所までは、方治の後をついて行ってもいいだろうか？」

言うまでもなく、この菖蒲は右近の変化《へんげ》である。本物は右近との打ち合いに敗れ、意識を失ったまま手足を縛られ猿ぐつわを噛まされて、長持ちに押し込まれていた。

真っ先におけいの安否を案じたのは、隠した菖蒲が発見されるのを避けるためだった。

右近はおけいから、このふたりが親密な間柄だと聞いている。

しばらくの同道を願ったのも、しおらしく頼ってやれば簡単に背を見せるであろうという魂胆に基づくものだった。上手く運べば、あとは背後からのひと刺しで済む。

果たして期待の通り、方治は「仕方ねェな」と肩をすくめて先に立ち歩き出した。他愛のないことだ。右近はほくそ笑む。

「ありがとう、方治！」

声を弾ませて礼を述べながら、足音軽く駆け寄った。その手には、ぎらりと銀に光る懐剣が握られている。逆手に構えた刃をいざ突き立てんとした瞬間、右近の体を灼熱が走った。

「――化けるが得意の化粧面、か。売り文句のわりに、似てねェなァ、お前」

「な、あ……！」

熱の如き痛覚をもたらしたのは、右近の前腕に斬り込んだ刃だった。

方治の背中は、未だ右近の目の前にある。だが笛鳴らしは後ろを見せたまま、腕だけを回して右近を斬ったのだ。でたらめに振り回したのでは決してない、それは明確な意図を備えて振るわれた剣だった。

過日、志乃が語ったように、笛鳴らしの方治は仇持《あだも》ちの身の上である。幼い頃より父の復讐を名分《めいぶん》に剣を学んだ。

だが彼が敵《かたき》と狙うのは、当時、二十半ばの剣士である。技量に油が乗り切る頃であり、十《とお》以上も齢の離れた少年が、正面切って勝ちを得る術《すべ》はない。ために方治の母は、ひとりの中間《ちゅうげん》を雇い入れた。この男は食いつめた忍び崩れであり、方治は彼からその技を習い覚えた。数多の騙し晦ましの手管を、非力な子供が屈強な大人を制する工夫として会得したのである。

たった今見せた剣の形もそのひとつだった。人呼んで耳木菟《みみずく》という。

件の中間は正面を向いた状態から肩を少しも動かさぬまま、顎先だけを回して背後の光景を眺めることができた。羽角《うかく》を持つ鳥を思わせる、彼のそのさまからついた名だ。背を見せたまま人を斬る不意打ちの剣であり、同時に奇襲をもって奇襲を破る迎撃の剣である。

無論、方治は中間のような異常な首を持たない。彼の耳木菟は勘を頼りに振るう、致命にはなりえない片手薙《な》ぎだった。だが浅い刀傷は実際の被害以上に深く右近を動揺させた。

「な、なんで。あんた、なんで……!?」

「なるほど、男か」

一方的なはずの一撃を容易《たやす》く凌《しの》がれたこと。わずかの間《ま》に正体を見抜かれたこと。親しい相手の似姿に躊躇《ためら》いなく剣を振るえること。いくつもの事柄が入り交じって狼狽を生み、右近は腕を押さえて声を上ずらせる。生《き》のままの彼の声音を耳にして、方治は意外そうに呟き、同時に得心した。

変幻自在を謳《うた》いつつ、常日頃から異性の姿を装《よそお》い続ける。それもまた右近の術のうちなのだろう。変装が得手の女だと周知させることで、事前に相手の意識へ死角を植え込む。そのような手口である。事実、方治と志乃が目を光らせたのは篠田屋出入りの女たちへだった。右近の正体と化ける姿を、迂闊《うかつ》にも限ってしまっていたのだ。

「で、だ。なんで、ってのは、見破られた理由をご下問かい？　そいつはこっちが訊きてェよ」

長脇差を血振りして、すいと方治は向き直る。

「どうしてそれで騙せると思った？　さっきも言ったがよぅ、お前、少しも似てねェぜ？　あれは、もうちょっと隙だらけの目で笑うもんだ」

わざわざ真相を教えてやるつもりはない。が、吐いた言葉はあながちでたらめではなかった。

菖蒲はいつも真剣に、真っ直ぐに人を見つめる。胸の内を覗き込まれているようで、疚《やま》しさを抱える方治は目を逸らさずにいられなくなる。目の前の三文役者には到底できない芸当だ。笑い方もそうだった。悪く言えば油断しきった、良く言えば他人を信頼しきった瞳で、彼女は心底から笑う。あのような媚びた笑みなど断じて見せない。

少しばかり贔屓めいた心の動きに気がついて、方治はわずかに苦笑する。だが軽く表情を動かしただけの方治に対して、その言葉が右近にもたらした変化は劇的だった。

「似てない？　おれが似てない？　少しも似ていないだと？」

がたがたと、瘧《おこり》にでも罹《かか》ったように体を震わせ、ぶつぶつと繰り返し始める。

それは彼の自信を根底から破壊するものだった。口先ばかりならば一笑して済ますこともできた。だがこの男は、笛鳴らしは実際に、ひと目で自分の仮面を見抜いている。続けての失態に、右近の中の要《かなめ》が揺らぐ。

「ううううう……」

意味のない唸りが漏れた。どうしてだ。何が足りなかった。そればかりが右近の頭の中を駆け巡る。感情の暴走はすぐさま閾値《いきち》を超え、変質した。こいつさえいなければ。いなくなれば。そうした殺意として噴出した。

「うううウゥッ!!」

手傷の痛みすら忘れ、右近は両手に小刀を握る。猛禽《もうきん》が翼を開くように腕を広げ、驚くべきばねで方治へと跳ねた。既に身構えていた笛鳴らしが迎え撃つ。

両者がぶつかるその寸前、右近の口がすぼみ、何かを吹いた。含み針である。様々な人間の声を使い分け続けた結果か、右近の舌は凄まじく器用な仕事ができた。筒状にして極小の針を包み、吹き矢さながらに打ち出すなど当然の小技である。菖蒲を迅速に倒したのも、この針の働きだった。首元へ吹き付けて意識を逸らし、その隙を突いて掌打を食らわせたのである。

今回は、傷つけまいとしたその時とは違う。針は一切の遠慮なく方治の目を狙い放たれた。小さく殺傷力の低い武器だが、まともに受ければ失明は免れない。

この時点で、右近は早《はや》、勝ちを確信していた。

彼の小刀は刃の明るい、つまりは光線の反射が強いものを選んでいる。日向《ひなた》に立ち、左右に腕を広げてこれを煌めかせることで、凶器ばかりに注意を引きつけるためだ。役者稼業で磨かれた、視線と意識の誘導術であった。双刀と仮面に目を奪われれば、飛来する針に気づくべくもない。

が――方治はわずかに身を沈め、それだけで右近の針を躱す。

悲しいかな、右近の手管は方治の知る騙し技に相通じるものがあった。日光を反射させる位置取りに、わざとらしい大きな構えと無防備めかした突進。ここまで揃えば察しない方が難しい。

このある種の正直さは、右近の戦闘経験の乏しさに起因していた。実力伯仲を相手取ることに彼は不慣れなのだ。右近にとって戦いとは、ただ無防備な背に刃を突き立てるだけの行為だったからである。

「これ見よがしが過ぎるんだよ、お前」

見抜かれた詐術は、致命の傷となって右近の身に返った。

冷淡そのものの口ぶりで言い捨てて、方治が一刀を閃かせる。形相を変え、右近が体《たい》をひねって逃げた。しかし間に合うものではない。刃の軌跡に残された腕一本を、笛鳴らしは肩の付け根から斬断した。

「あああああああああああああ!!」

右近が慟哭《どうこく》の叫びを上げる。最早、獣の咆哮と遜色なかった。

「う、腕ぇぇぇぇ！　おれの、おれの腕ぇぇぇぇぇぇぇぇぇぇ！」

隻腕となった今、電光石火の早変わりは失われた。それどころか、これまで通りの変化ができるかどうかすらも怪しかった。義手を用いたとしても、糊塗《こと》できるのは所詮見た目までだろう。指先は鈍り、衣装は着こなせなくなる。また、それは化粧の精妙さが格段に落ちることを意味していた。

ゆえに。この瞬間、彼の築き上げてきた全ては失われた。夢は醒めた。幻は消えた。

何にでもなれたのに。もう、何にもなれない。

凄まじい絶望が右近を襲った。彼は無力で役立たずの子供に逆戻りをし、そのように儚い存在が呼吸するには、世界はあまりに恐ろしすぎた。

「ああ、ああああ、あああああ‼」

激昂による反撃に備えた方治の意表を突き、右近は身を翻すや駆け引きなしに逃げた。

あふれ出る血に構いもせずひた走り、突き当たった部屋に飛び込んだ。そうすれば方治が追ってこないとでもいうように、ぴしゃりと音高く襖を閉める。次いで室内を見回し、柳行李《やなぎごうり》に目をつけた。収められていた衣類を掻き出すと、小さく小さく体を畳んで、その中へ腹ばいに身を隠す。ただ嵐が過ぎ去るのを願うのにも似た、哀れ極まる姿だった。

自ら閉じ篭った暗闇で震える右近の耳に、とん、という響きが届いた。唐紙の滑る音がそれに続く。右近を追ってきた者が、鞘尻を押し当てて襖を開け放ったのだとわかった。びくりと身をすくませて、右近は残った手で口を押さえる。でなければ叫び出してしまいそうだった。

「おけいは、よぅ」

涙がこぼれて止まらない。喉がからからだった。鼓動ばかりがやけに大きく感じられる。

「籠の中の鳥だった。ここより他を知らない女だった。だが、もうじき嫁ぐことになってた。相手は金はねェが実《じつ》のある旦那でな。鬱陶しいくらいに惚れ合っていたよ。知らない世界だろうと、きっとふたりで上手く飛んだろうな。そんな女とそんな男をお前がどうしたか、まァ、見当はつく」

緩慢に、方治の語りが近づいてくる。

右近を金縛りにしたのは話の中身ではなく、とつとつと物語る彼そのものだった。怒りに声を荒らげるでもなく、悲しみに言葉を震わせるでもなく。どうしてこの男の口調はこうも平坦で、まるで妬《ねた》み嫉《そね》むようなのか。

「まーったく……誰からも同情される不幸で、羨《うらや》ましい限りさ」

間近で囁かれ、それきり物音が途絶えた。

足音は元よりなく、わずかな衣擦《きぬず》れすら聞こえない。息を殺し続ける右近には、方治の位置も、彼が何をしているのかもわからない。押し潰されそうな、気が狂いそうな沈黙が続き、ついに右近は重圧に耐えられなくなった。片手両足に力を込め、行李の蓋ごと跳ね上がろうと意を決する。あわよくば体ごと方治に突き当たり、もう一度逃れる機会を得るつもりだった。

が、跳躍は叶わない。

身をたわめた瞬間を見透かしたかのように、冷たい鋼が背中から入って腹へ抜け、柳行李《やなぎごうり》ごと右近の胴体を串刺しにしたのだ。

「よかったら教えてくんな。狭い箱から出られずに死ぬってのは、どんな心持ちだい？」

刺し貫かれた柳行李は断末魔の代わりにがたがたと暴れ続け、やがて力尽き静かになった。内から滴った血が、畳に池を作っていた。

＊　＊　＊

その夕べ、篠田屋に迎えの駕籠《かご》が訪れた。

大きな商いを成功させた佐平が、急遽おけいを迎えに来たのだ。

本来、身請けは店を挙げての式典である。落籍《ひか》れた女は妓楼《ぎろう》の朋輩たちの華やかな宴で見送られ、客は女の代金の他に、あちらこちらへと祝儀を包む。

だが佐平にこれを強いれば、たちまち暮らしに困り果てるのは目に見えていた。

よって三十日衛門の温情により、おけいは常より早く年季が明けたという体裁《ていさい》を取った。勤め上げて店を去る女を、男が迎え入れる。たまたまふたりは以前からの馴染みであった。そういう筋書きである。

だからおけいは、三十日衛門や志乃などごくわずかな人間と言葉を交わしたきりで、あとはろくな挨拶もなく、人目を憚《はばか》るように篠田屋を立ち去った。

そういうことに、なっている。

無論、死人《しびと》が息を吹き返すはずもない。篠田屋を発《た》ったのは、中身のない空駕籠《からかご》である。

「急なことだったからね。決して悪くお言いじゃないよ」

志乃に含められた店の者はおおよその事情を察し、けれど誰もが素知らぬ顔で、おけいの幸運を羨《うらや》んでみせた。

方治が菖蒲を見つけたのは、おけいの使っていた部屋でだった。娘は暗い中でひとりきり、しんと背筋を伸ばして端座していた。笛鳴らしの来訪は物音で気づいたろうに、閉じた目を開きもしない。

「……」

声をかけようと思いはしたが、上手い言葉が見つからなかった。仕方なく方治は、行儀悪く菖蒲の前で片胡座《あぐら》をかく。窓から入り込む妓楼《ぎろう》内外の喧騒も今は遠く、室内はただ静かな夜が満ちている。

「私のせいだな」

どれくらい押し黙っていただろうか。ふと、菖蒲が口を開いた。

「うん。私のせいだ」

肯定も否定も必要としない、強い語調だった。

「私が甘かった。馬鹿だったんだ。方治を助けられたから、ありがとうと言ってもらえたから、それで驕ってしまった。この後も、私がしっかりしていれば大丈夫なんだと思い上がっていたんだ」

篠田屋を訪れた時、菖蒲は胸に誓った。何を犠牲にしても必ず父の志《こころざし》を果たそう、と。

だがその犠牲の中に含めたのは、自身と秘事を知る三十日衛門、そして腕を買った方治まで。そこで線を引き、他へは累が及ばないと勝手に決め込んでいた。太郎坊の銃撃も澪屋の炎上も、さしたる被害もなく凌《しの》げてしまったのが、この考えを後押しした。周囲へ降りかかる火の粉は、努力で防ぎうるものだと信じてしまったのだ。

短慮と言えばそれまでだが、右近の如き悪辣は、この善良な娘にとって思いも寄らないものだった。

覚悟になかった死はいたく菖蒲を沈ませた。父に倣《なら》い弱きを守ろうとして、別の弱きを傷つけた事実は、きつく彼女を打ち据えた。死したのが姉のように慕った相手なのだから尚更である。

伏せた目から涙があふれ、細いおとがいへ流れた。堰《せき》が切れればもう止まらず、透明な雫は後から後からこぼれていく。膝の上の拳は、白くなるほど握り締められているのだろう。やがて、静けさに歔欷《きょき》が交じり出す。

愚かさの代償が、我が腕、我が足、我が命ならばよかった。だがそれが他人であった時、取り返しのつかないものであった時、人はただ身を震わせて悔やむしかない。「お前のせいじゃあねェよ」と撫でてやることはできた。「それでもやり遂げたい仕事だろうが」と発破をかけてやってもよかった。

が、どちらも方治はしなかった。煩悶の末に自身で見出したものでなければ、どんな答えも得心できまい。

泣き顔を見ないように目を閉じて、彼は袂《たもと》に手を入れる。取り出したのは笛だった。竹に七孔を開けただけの田舎笛である。慰めに以前所望された芸を披露してやろうと、懐《ふところ》に収めてきたものだった。

唇を当て、長く細く唄口《うたぐち》へ息を吹き込む。高く澄んだ、けれどやわらかな音色が滑り出す。それは方治の生国の祭囃子《はやし》だった。陽気でも賑やかでもなく、むしろゆったりと静かな調べが表すのは、旅の空で抱《いだ》く郷愁であるとも、遠く離れいく者への惜別であるともいう。

嗚咽と楽《がく》は絡み合い、灯火《とうか》と星明かりの狭間へ揺蕩《たゆた》った。

一厘双口縄

菖蒲の失踪が発覚したのは、その日の夕刻のことである。

護衛とはいえ、方治と菖蒲は四六時中を共に過ごすわけではない。これまで通り、方治は妓楼《ぎろう》の様々な用事を受け持つし、その絡みでしばし篠田屋を空《あ》けもする。相変わらず女たちに買われ、愚痴聞きをする折もある。菖蒲も菖蒲で、あちらで雑事を手伝いこちらで店の者に構われと、少しも一所《ひとところ》に落ち着かない。彼女が楼内を闊歩《かっぽ》するさまは最早すっかり馴染みのもので、この娘がどこに居ようと、不思議に思う者はなかった。

これは方治も同様で、身辺に菖蒲の姿がなくとも、また店内をほっつき歩いているのだろうで済ませて、特に案ずることがなくなっていた。慣れによる心の隙が、気づきを遅らせた格好になる。

事態が知れ渡るや、篠田屋は騒然とした。

まず勾引《かどわ》かしが疑われたが、この線はすぐに消えた。夕暮れの少し前、白装束の娘がふらりと篠田屋を出るさまを、近隣の者が目にしていたからである。これを聞いて「いけませんな」と三十日衛門が呟き、ほとんど同時に方治も思い至った。

いつも通りの明るさを装《よそお》いながら、菖蒲はこのところ塞いでいたのだ。特におけいを弔《とむら》った後の気鬱は顕著だった。

おけいは、佐平に嫁いだことになっている。それゆえ彼女の葬儀は、打ち捨てられた骸《むくろ》をどうにか見つけ出しての密葬だった。言うまでもなく、亡骸《なきがら》のありさまは手ひどいものだった。寸刻み五分刻みに解体されていたせいもあるが、一層無残を際立たせたのはその死相だ。顔だけが不思議と無事なお陰で、死に化粧でも隠しきれない慟《どう》哭《こく》が瞭然《りょうぜん》と見て取れた。

菖蒲は、この哀れな残骸と対面している。彼女自身が強く望んでのことだったが、やはりさせるべきではなかった。

姉のように慕った女の、しかも自身の行動が引き金となった死は、娘の精神に恐ろしい負担をもたらした。おそらくこれが悪い具合に化膿して、菖蒲を自暴自棄へ走らせたのだ。「自分さえいなければ」という、自罰的で自殺的な方角への疾走である。

とんだ軽挙妄動だが、人は正しい行動だけを選び続けられるものではない。父の死を発端とする艱難辛苦の中、懸命に蓋をし続けてきたものが、とうとう噴き出したと見るべきだった。年頃を考えれば、幾分かの同情を寄せてもよい。だがこれが愚行であるのは覆《くつがえ》しようのない事実だった。今の篠田屋は、椿組の監視下にある。そこへ単身、彷徨《さまよ》い出ればどうなるかなど、考えるまでもないことだ。餓狼《がろう》の群れに生肉を投じるようなものである。

けれど無論、責は菖蒲にない。時だけが妙薬になると考えて面倒見を怠った、方治らの失策である。いい大人が雁首揃えて、子供をわかってやれなかったのだ。

三十日衛門と頷き合うや、方治は長脇差を引っつかんで駆け出した。走った先は大門脇の面番所である。

相沢の遊郭はぐるりと立てた板塀で外周を囲っており、出入りの口はこの門の他にない。例外として災害と市《いち》の折にだけ開かれる木戸が幾つかあったが、どれも平時は固く閉ざされ、常に見張りが立っている。一番の懸念通り、菖蒲が死を求めて色里の外に出たのなら、必ずここを抜けたはずだった。

尋ねれば果たして、役人は菖蒲の姿を見ていた。だがここで、あの奇嬌な白装束が篠田屋の客と知れ渡っていたのが災いした。役人も門番も、御前の預かりならば不審はなしと判断して、彼女を通してしまっていたのだ。方治はがりがりと頭を掻くと、このことを篠田屋に報せるよう頼みおき、自身はそのまま街道へ飛び出した。

自責にかられた娘が向かうのは、まず北里であろう。その方が望みの罰が下る目算が高い。そう読んで方治は走った。出遅れたとはいえ女の足だ。駆け続ければいずれ追いつくはずだった。

けれど彼の心には、黒雲のような不安が広がりつつある。

その源《みなもと》となるのは、椿組の干渉が一切ないことだった。彼らにしてみれば、この分断は絶好の機である。そして菖蒲を捕らえるにしろ殺すにしろ、方治を近づけぬのが肝要だ。ならば足止めが現れて当然の状況であるのだが、笛鳴らしの前に立ち塞がる影はひとつとてない。これが意味するところは菖蒲の足取りの見誤りか、あるいはもう既に――

孤独に転がる菖蒲の骸《むくろ》が脳裏を過《よぎ》り、方治は眉をひそめて首を振る。彼の胸中に応じたように、いつしか頭上にも雨雲が垂れこめていた。やがて、冷たい大粒の雨が落ち始める。雨勢はひどく強く、たちまち方治は濡れねずみとなった。それでも泥を蹴散らしながら、行く。

しかし息せき切って走るうち、方治の中に捨て鉢な思いが募り始めた。

――どうして俺が、身勝手の尻を拭ってやらなけりゃならねェ。

菖蒲の行動の根にあるのは、父親の遺志だと方治は見る。世のため人のためという、ご立派な遺志だ。つまりは自身のものならぬお題目であり、所詮は言い繕いの鍍金《めっき》である。綺麗事の箔が剥がれ、さらけ出た菖蒲の地金がこれならば、もう致し方ないではないか。死にたがりは死なせてやるのが温情だ。

そもそも、と砂を噛む心地で思った。そもそも懸命になったところで、俺に何ほどができようか。望む通りが起きたことなどこれまでになかった。これからもそれは変わるまい。ならば初手から何もせず、諦観するのがきっと正しい。

世の中とはそうしたものだと、いい加減あの娘も思い知るべきなのだ。悪意のような偶然に打ちのめされて挫折して、心砕けるべきなのだ。そうして転げ転げて転がり落ちて、俺と同じになればいい。

そう頭で思いはするのだが、どうしてか足は止まらなかった。菖蒲の幸福と不幸のどちらもを、同じだけの強さで方治は願っている。

「……治！　おーい、方治！」

惑いに惑う心を引き戻したのは、道脇の百姓家から投げかけられた、呑気で明るい声だった。

篠田屋を飛び出した菖蒲が足を向けたのは、やはり北里の方角だった。無為に命を散らそうと、言うなれば楽になろうとする意図であったのも、方治の想像に違《たが》わない。けれど折からの驟雨《しゅうう》がその歩みを止めさせた。雨足の強さと雨粒の冷たさに辟易し、手近な軒下に逃げたところで少し笑った。死んでしまうつもりの身が、どうして雨宿りなどするのだろう。そう思って可笑《おか》しくなったからだ。

図らずも浮かべたこの笑みが、凍ったように硬直した娘の精神をほんのわずかに和《やわ》らげた。周囲を気遣う心がふと戻り、それで菖蒲は屋内へ「しばし雨を避けさせてください」と声をかけた。刀を帯びた見知らぬ者が、無言で軒先に佇めば薄気味が悪かろう。そう考えてのことだったのだが、思わぬ反応があった。小窓から不審そうに菖蒲を窺った家人は、しばし言い交わしたのち、彼女を中へ招いたのだ。訝しさよりも、濡れた少女を案じる気持ちが勝ったものらしい。

家に住まうのは若い夫婦と、まだ小さな赤子だった。菖蒲を上がらせると彼らは火の傍を譲り、乾いた布を与えて熱い汁物を振る舞う。どうにも、随分と人が好いようだった。

髪を解《と》いて拭いつつ感謝を述べ、他愛ない言葉のやり取りをするうち、ゆっくりと気が静まっていく。それにつれて我が振る舞いの稚拙さが痛感され、菖蒲は総身の血が引く心地だった。

篠田屋では三十日衛門のみが知ることだが、実のところ彼女は囮《おとり》である。王子屋一味の目を晦まし、埋伏の毒を十全に機能させるための陽動役。落命の場合すら織り込んで、咲いてみせる徒花《あだばな》。それが菖蒲の身の上だった。

この苛烈な役柄を割り振ったのは、無論のこと彼女の父である。

菖蒲の父親は、穏やかでやわらかな人柄をしていた。しかし同時に、どこか世間から乖離《かいり》した人物でもあった。今の生き場を、決して本当の居所と感じていない。けれど他に場所がないから、不安定なまま落ち着いている。そんな気配を、常に纏《まと》わせる人だった。

菖蒲は母親の顔を知らない。物心つく頃にはもうその姿は見当たらず、存在を匂わせるものとて家内にはなかった。子供ながらの賢《さか》しさで察し、彼女は寂しさを押し隠した。母の行方を問うこともしなかった。

その分だけ、菖蒲は父を愛した。少しでもその助けとなろうと、突飛の振る舞いに及びもした。父はそれを、静かな笑みで見守っていた。困惑と喜びが入り交じる表情だったと記憶している。娘の行いの根底が孝心にあると理解し、それゆえ制止もできなかったのだろう。力及ばずと知りながら他に手もなく、菖蒲は勇み肌を続けてきた。

だから遺筆で企《くわだ》てを知らされた折、喪失の痛みに次いで胸を過《よぎ》ったのは喜びだった。初めて父に頼られたと感じた。お前になら託せると、そう言われた気がしたのだ。加えてこれは敵討《かたき》ちにも繋がることだ。必ずや成し遂げてみせようと、彼女は強く決意した。華々しく人の目を引く白装束は囮と扇動の役柄を兼ねると同時に、死生不知《ししょうふち》の覚悟を示すものである。

しかしこの逸《はや》りもまた、軽はずみの一因だったと菖蒲は悔いていた。常に死を近く思うがゆえ、命の垣根が低く曖昧になってしまっていたのだ。

報仇《ほうきゅう》の念に凝り固まっていた時分、篠田屋に至る前であれば、まだ露と消えてもよかった。だが今は違う。自分は始めてしまったのだ。目的のために人々を巻き込んで、事態を動かしてしまったのだ。ならば懸命でなければならない。そうでなくては、どこへ顔向けができようか。菖蒲はきつく唇を噛む。

何より、彼女はもう理解していた。世界から断絶して見えた父が、誰のために血肉を投げ打ったのかを。それを思えば、ますます我が身を粗末にするわけにはいかなかった。

省《かえり》みて気づけば、改めるのを躊躇《ためら》わないのがこの娘である。すぐさま駆け戻ろうとしたのだが、これを強く引き止めたのが先の若夫婦だった。気のいい彼らは、頼りなげな少女をひとり、雨の夜に放つのをよしとしなかったのだ。善意から発するものを拒めず、せめて雨がやむまではと押し切られて、菖蒲は焦燥を抱えながらじりじりと外を眺めていた。そこへ折よく駆けてきたのが方治である……。

方治を迎えて菖蒲が語ったのは、以上の心情から自らの役割を抜いた反省だった。隣で火に当たりながら、笛鳴らしは黙って耳を傾けている。面持ちには、少なからぬ怪訝の色があった。故《ゆえ》がなければ深く人に踏み込まない方治だが、決して鈍い質《たち》ではない。菖蒲の言葉の中に、聡く何かを嗅ぎつけたのだろう。

それを感じ取りつつも、菖蒲は全てを明かさなかった。

嘘を重ねるようで心苦しくはあったが、方治の奇妙な頑《かたく》なさを彼女は既に知っている。迂闊《うかつ》に偽りを告白すれば、それきり臍《へそ》を曲げ、取り付く島もなくなってしまいそうな気がしたのだ。そうした、どこか不安定な彼のありさまを、菖蒲は父に似ていると思う。方治に疎まれることを想像するとひどくざらついた心地になるのは、きっと、だからだろう。

なので真相を伝えるのは、この一件が無事片付いてからにしようと考えていた。ふたりが揃って生き残り、ちゃんと叱ってもらえるのが一等いいに決まっている。

「……」

「……」

しばし、沈黙が落ちた。響くのはただ、ぱちぱちと薪《まき》の爆《は》ぜる音ばかりである。炉辺の熱を受け、適当に水を絞っただけの方治の着流しから薄く湯気が立った。

気を遣って、百姓夫婦は我が子を連れて寝室に下がっている。菖蒲に対するものとは違い、方治への彼らの挙措《きょそ》には怯えと構えが入り交じっていた。もし軒下でずぶ濡れになっていたのが彼だったなら、夫妻は家中に招き入れなどしなかっただろう。菖蒲にはやはり、人の警戒を解く何かがあるらしかった。

「まあ、その……なんだ」

「うん」

間が持たなくなり、方治が曖昧に口を開く。

「無事で、何よりだった」

「……うん」

絞り出された言葉を、菖蒲は至極素直に受け入れる。それからしゅんとした顔つきでもう一度頭を下げた。

「すまない、方治。迷惑をかけた。私が死んでも策は成るから、それならいっそって、そう思って……」

「阿呆か」

いくつもの罪悪感が絡み合って口走った菖蒲を遮り、方治はすいと腕を伸ばした。そして娘の額へ、遠慮のない爪弾きを食らわせる。「いたっ⁉」と打たれた箇所を押さえて、菖蒲は恨めしく彼を睨んだ。

「親父さんのこと、おけいのことでお前が悲しいようによ。お前に何かありゃ、同じく悲しむ連中がいる。そこんとこを忘れるなよ」

丸く目を見開いてから声を詰まらせ、菖蒲は幾度も頷く。それでも、ため息のように続けた。

「だけどやっぱり、私は身を惜しんじゃいけないのだと思う。簡単に諦めてしまうのは駄目だ。でも必要なら一命を賭《と》して動かなくちゃならないって思う。そうでないと私が巻き込んだ人たちに、おけいに申し訳が……」

「――やめておけ」

割り入った笛鳴らしの声音に、娘はびくりと身をすくませる。決して強くはないそれは、しかしひどく暗い響きを宿していた。

「親の敵《かたき》が憎い。藩を救いたい。おけいのことが辛い。そいつはいいさ。全部お前の感情だ。だがよ、それだけはやめておけ」

今、彼の内に張り詰めているのは、心細さに似たものと感じられた。親に置き去られた子供のようだと、どうしてか菖蒲は思う。

「他人を言い訳にするな。そいつはお前の形を歪めるぞ。歩くなら自分の理由で歩け。誰かのためなんて名分《めいぶん》じゃ、遠からず擦《す》り切れる」

告げながら、方治は我が舌に呆れ返る。自分にもできない真似を、何を賢しらに押しつけているのか。

「絶対にないのさ。死者の思惑が生者に伝わることも、その逆もな」

薄く笑って自嘲してから、視線を逸らした。

「ひとつ、笑い話をしてやる」

「……笑い話？」

「そうだ。歪んで擦り切れた阿呆の、笑い話さ」

刀を抱いて座り直し、囲炉裏の火と向かい合う。

「そいつは仇持《あだも》ちだった。七つか八つの頃、同じ藩の人間に父親を斬られた。だがそいつの親父は江戸勤めが長くてなァ。一緒に暮らした思い出なんぞないもんだから、そいつは少しも悲しくならなかった。葬儀の時は泣きもしたが、それだって母親からのもらい泣きだ。親父を思ってのことじゃあない。おふくろさえいりゃ、何も変わらねェと信じてたのさ」

やはり小さな子供のように、方治は無意識に背中を丸めた。

「だが、そうはいかなかった。母親が仇討《あだ》ちに躍起《やっき》になってな。敵《かたき》の顔も知らねェってのに、そいつは十《とお》になる前から、徹底して武芸を仕込まれた。そうして元服するなり許可を得て、中間《ちゅうげん》ひとりを連れて討っ手になったのさ。別段苦には思わなかった。言われた通りの道を歩けば、周りは立派なことだと褒めそやしてくれてたからな。だから当初は意気揚々たるもんだった。すぐに相手と巡り合い、見事討ち果たして藩に戻って拍手喝采。そんな夢想をしていたのさ。しかしまァ、世の中ってのはままならないもんだ。そもそも敵に出会えねェのさ。そりゃそうだ。向こうだって命がかかってる。逃げも隠れもするよなァ。そのまま諸国を流離《さすら》い幾年月、気がつきゃ仇討ちそのものに意味がなくなってた。母のために気張ってたそいつは、何もかもが面倒になっちまった。それで、全部忘れることにした。姓を捨てて名を変えて、流れ流れて落ちぶれて、今じゃ色里で飲んだくれてやがるのさ」

「……」

「おまけにすっかり性根《ね》が捻じ曲がってな。明瞭な幸福よりも、明白な不幸を羨《うらや》むようになっちまった。大きな不運なぞ何もないまま磨り減った手前が嫌で、同情される確かな悲運が妬《ねた》ましいんだと。だから親切ごかして身の上話を聞き蒐《あつ》め、そいつを手前と比べるのさ。たとえばありふれた不幸の積み重なりを聞いて、自分だけじゃあないと安堵する。たとえば好いた男と夫婦《めおと》になる寸前に殺された女や、親に重荷を投げ渡されて命を狙われ続ける子供の話なんぞを聞いて、そんな劇的な理由が自分にもあればと羨望する。なんともいじけて浅ましい、薄みっともねェ生きざまだろう？」

ふっと息をひとつ吐いて、方治は背筋を伸ばした。首だけを動かして菖蒲を見やる。

「そいつに比べりゃ、お前は立派なもんだと思うぜ」

他人事だというのに、どうしてか娘は泣き出しそうな目をしていた。方治は手を伸ばして、乱暴にその頭を撫でてやる。

「なあ菖蒲。お前、大事なことを忘れちゃいねェか？　お前の知ってるおけいってのは延々恨み節を言うような、そんな鬱陶しい女だったか？　違うなら悲観に陶酔するな。お前の知ってるおけいが、お前の中のおけいが、ちゃんと笑うようにしろよ」

「……難しいな。おけいは優しかったから、すごく優しかったから、だから――」

中途で菖蒲は口を噤《つぐ》み、ほんの少し微笑んだ。胸の内に、言葉に表せない何かを見出した様子だった。髪を下ろしたままだからだろう。そのさまはひどく儚げで、いっそ艶やかだった。小うるさいばかりの子供が、不意に見知らぬ女に見えた。

「お前は、立派だよ」

もう一度囁くと、菖蒲は強く首を横に振る。

「違う。それなら私だけじゃない。方治だってすごく立派だ」

「おいおいおいおいおい菖蒲よぅ。俺の話なんざ、これっぽっちもしてねェだろうが」

「あ、そうか。えと……じゃあ今の話の人も、篠田屋の皆もすごく立派だ！」

「だからよ、なんだってそういう帰着になりやがる」

がりがりと方治が頭を掻くと、何故だか得意げに彼女は胸を張った。

「以前も言ったな。篠田屋へ来た時の私は、三千世界の全てが敵のような気がしていた。どうしようもなくひとりきりで、自分が一番可哀想なのだと思い込んでたんだ。だけど違った。そうじゃなかった。皆、それぞれに悲しいこと、辛いことを抱えている。自分の不幸の大きさを測れるのは自分だけだ。それなら誰もが自分のことを、一番可哀想だと思ったっていいはずだ。なのにみんな強いんだ。強くて、優しいんだ。こんな私を気遣って、笑わせようとしてくれた」

菖蒲の言葉はひどく耳に痛いものだった。咄嗟に斜《はす》に構えて、方治は皮肉な物言いをする。

「上辺を取り繕っているだけさ。百花繚乱、千紫万紅《せんしばんこう》——見栄張って着飾って咲き誇っちゃあいるがよう、さァて、何の上に開く花やら」

「何を糧《かて》に咲くのだっていいじゃないか」

だが自虐めいたそれを、菖蒲は一刀両断にした。

「生まれつき綺麗で親切なのより、色んなことを呑み込んで、それでも下を向かない人をこそ私は美しいと思う。一から十まで善意でできてるものなんてない。だけどそれでもいいんだ。根っこに何があったって、手を伸べられればとても嬉しい。その時そこに居合わせて、何かしようと思ってくれた人がいる。それだけで十分救いなんだ。実際私はそういうふうに、方治に心を助けてもらった」

真っ直ぐに見つめられて、方治は居心地悪く尻を動かす。菖蒲の瞳が、年上の女のように優しく笑んだ。

「でも人はわがままだからな。手助けが欲しいと思うのと同時に、絶対に踏み込まれたくない部分も持ち合わせてる。辛くて苦しくて寂しくて、やりきれないから聞いて欲しい。かといって解決策や同情が欲しいわけじゃない。そういう気持ちも多分ある。だから本人は悪さのつもりかもしれないけど、……その人の不幸の蒐集《しゅうしゅう》は、そこに寄り添っているのだろうって思う。痛みは自分だけのものだ。誰とも共有はできない。

『お前の気持ちはよくわかる』なんて簡単に言われたら、私だって腹が立つ。だから方治がいいんだ。方治くらいがちょうどいい。黙って耳を傾けてくれる。ただ知っていてくれる。それがきっとぴったりなんだ」

何の説法だと聞き捨ててもよかった。何を悟ったふうにと揶揄《やゆ》もできた。けれど言葉は不思議と深く胸に染みた。それは決して届かないはずの憧憬の対象に認められた、複雑な感傷のせいだろうか。

「――本当を何も知らなくても本当を、全部を理解できなくても。でも、なんとなくわかってあげられる。繋がっていられる。そういうことって、あるのだと思う」

目を伏せて独白のように呟いてから、急に菖蒲は顔を上げた。炉端に手をつき身を乗り出す。

「その証拠に、思い出話をして、方治だってちょっぴりだけど楽になったのじゃないか？　どうだ？　違うか？」

肯定を期待してか、ぐいぐいとにじり寄ってくるので、方治はもう一度、その額を指で弾いた。

「いたっ⁉」

「だから菖蒲よぅ。俺の話なんざしてねェと言ってるだろうが」

「……方治は、時々子供だな！」

しばしむくれてみせてから、菖蒲はいつもの調子でぱっと笑う。

先ほどとは異なる、奇妙に満ち足りた静けさが訪れ——そこでようやく雨音が絶えているのに気がついて、方治は外を眺めた。いつしか月が差している。

「やんだな」

「本当だ」

頷き合うとふたりは立ち上がり、若夫婦に声をかけた。遊郭の大門は真夜中のしばし前、夜四つ（午後十時）には閉ざされる。その前に篠田屋へ戻るべきだった。固辞を押し切って夫婦に幾ばくかの金銭を渡し、揃って夜道へ出る。提灯もいらぬほどの星の下を、虫の音《ね》に包まれながら、前後に連れ立って歩いた。

「そういえば」

ふと切り出され、方治は足を止めて見返る。目が合うと娘は少しばかり言いよどんでから、

「さっき、私が死んだら悲しんでくれる人がいると言ったたな？　あれは本当だろうか？」

「ああ、間違いなくうちの連中は泣くだろうよ。御前やおこうをはじめ、お人好し

ばっかりだ。志乃もな、顔には出ねェが情が深い。おそらくは裏に隠れて――」

「じゃあ、方治は？」

「あん？」

笛鳴らしの言葉を遮り、菖蒲が問うた。

「方治はどうだ？　私が死んだら、方治は悲しんでくれるか？」

「知ーらねェよ」

顔を前へ戻しつつ言い捨て、歩き出す。見なくとも、娘が不満げな顔をしたのはわかった。

「俺はお前のお守《も》りだぜ？　死ぬ順序ならこっちが先だ。だから、知らねェよ。くたばった後のことなんざな」

「そうか！」

小走りの足音がして、菖蒲が追ってくる。追いつくと、方治の左の指先をつまむようにして指を絡めた。

「く、暗いし、雨の後で足元が悪いからなっ」

方治は前を向いたまま、少しだけ歩幅を狭くする。

それ以上は、どちらも何も言わなかった。言葉の間隙《かんげき》を埋《うず》めるように、路面に落ちたふたつの影は寄り添っている。

そうして、遊郭の光が間近になった頃だった。

一陣の風が不意に街道脇から駆け上がり、人の形をとって行く手を塞ぐ。それはまだ年若い、少年の姿をしていた。小兵だが、その俊敏さはたった今見せつけられた通りである。月明かりにも涼やかな眉目だが、それだけに粘土めいて歪んだ鼻が無残であり、一際《ひときわ》に目を引いた。

見《まみ》えたことはない。が、その特徴は聞き及んでいる。

「椿組の、一厘か」

柄を握って腰を落とし、方治は背《せな》に菖蒲を庇う。

「話が早いな」

一方、一厘は白い歯を見せて笑い、小脇に抱えていたものを突き出した。

「あっ⁉」と菖蒲が声を上げる。彼が掲げてみせたのは乳飲み子だった。我が身に降りかかった災難も知らず、ただ寝息を立てている。遠目であるから、顔形は定かにはわからない。けれどその産着は、彼女の記憶にあるものだった。焼け付くように嫌な予感が背筋を這う。

「追ってこい。さもなくば、これを潰す」

言い放つや赤子を抱え直し、一厘は道を外れた木立の闇へと跳躍した。

＊＊＊

菖蒲の愚挙に一厘が即応できなかったのは、椿組に生じた動揺の波及ゆえだった。人心の乱れによって連絡に断絶が生じ、本来ならばすぐさま届いて然るべき急報が遅滞したのである。彼が色里に駆けつけた時にはもう雨が降り出しており、菖蒲の痕跡を追うのは困難になっていた。

菖蒲の行動が衝動的な暴走であるとは、無論彼らにはわからない。よって一厘はこの動きを、椿組を釣り出す罠と見た。ならば、と彼は考えたのだ。行きで獲物がかからなければ、帰りもまた何らかの餌を撒《ま》くはずである、と。

この思考に従い、一厘は手勢に街道筋を見張らせた。実情とは大きくかけ離れる予想だったが、結果的には彼の予測通り、菖蒲と方治のふたりは夜道に姿を現した。闇討ちを誘うが如き無防備さに、一厘は篠田屋一味の計略を確信する。

篠田屋とは堅固な城だ。なかなかに力攻めはできない。相手が策を弄してくれるなら、むしろ好都合というものだった。罠であろうと誘いであろうと、隙は確かに隙なのだ。乗じて、喉笛を食いちぎってやろうと決める。心を定めるや、一厘は手勢を全て篠田屋に向かわせた。見張りと足止めのためである。あとは、独力で遂げるつもりだった。

そうして俊足をもって彼は駆け、笛鳴らしらが潜んでいたという百姓家を襲撃した。人数が詰めていると踏んだのだが、意外にもただの隠れ家であったらしい。居たのは若い男女とその子だけだった。しかしこれらが篠田屋と関わりがあるのは間違いのないことだ。わずかな思案ののち、一厘は赤子を攫《さら》い、また走った。

小さな子供というのは便利な道具だ。一厘はそのように考えている。正しさを標榜する連中は無意味な重荷を背負《しょ》いたがる。自分には関わりのないものまでもを救おうと、どうしてか必死になるのだ。嬰児《みどりご》はその最たるものだった。

これを誘いとして笛鳴らしを道沿いから引き離し、自らの得意とする領域に招き入れんと一厘は目論んだ。

果たして、企《たくら》みは功を奏した。娘が先に立ち、笛鳴らしが後に続く形で、ふたりは里山の斜面に踏み込んでいる。ふたつ以上の足音はせず、近隣に人を伏せていないと知れた。万一後から駆けつける手勢があったとしても、こうして木立に紛れてしまえば弓も火筒も使えまい。今宵は月と星があるが、木々の陰はそれらの光を呑むほどに深い。闇夜に鉄砲とは当たらぬもののたとえである。

状況《そっか》を確かめ終えるや、一厘はひと跳ねしてふたりに向き直った。無造作に赤子を足下の下生えへと投げ落とし、懐《ふところ》に手を入れる。突然の痛みに、幼子は火がついたように泣き出した。

「このっ！」

怒気を漲《みなぎ》らせ加速した菖蒲へ、抜き出した錘《すい》を投じる。空を裂いて走った鎖を、間一髪、横手から方治が打ち払った。敢《あ》えて絡めず、一厘は得物を引き戻す。合わせて踏み込もうとした笛鳴らしへ手首を翻せば、もう一条の鎖が唸りを上げ、拳大の穴を土に穿《うが》った。飛び退いていなければ、方治の体に同じだけの虚《うろ》が出来上がっていたことだろう。

「……一厘てのは、剣術使いと聞いてたんだがなァ」

笛鳴らしの舌打ちに、にい、と唇を吊り上げて一厘が笑う。双方が足を止め、睨み合いの格好になる。剣の届く距離ではない。だが、分銅鎖の間合いだった。

「その子を返せ！」

叫んだ菖蒲の肩を、方治が掴んで押しとどめる。

「下がってろ」

命じたのは自信の表れからではない。あの武器と相対しながら菖蒲を守る余裕はないと判断したゆえだ。

刀を握る方治の手には、重い衝撃の余韻が残っている。人体があれを受ければどうなるか、想像に難くなかった。痛ましげに赤子を見やりつつ、それでも菖蒲は数歩退《しりぞ》く。

「ああ、逃げてはくれるなよ。もしその様子を見せたなら……わかるな？」

一厘は、泣き続ける乳飲み子の上に錘を垂らしてみせた。

人質に代わって死ねとは、彼は言わない。

そのような選択を突きつければ、笛鳴らしはあっさりと赤子を見捨てることだろう。彼が死ねば、娘と嬰児《みどりご》は生殺与奪を一厘に握られるのだ。それは当然の判断である。だから敢《あ》えて、打開可能と見える状況を示した。一厘さえ降せば赤子は救え、自分たちの命も助かる。そのような希望を見せて、絶望への道を歩ませることにした。

歯噛みする菖蒲を横目で眺め、一厘は冷笑する。これで退路は断った。乳飲み子を見捨てるなど、あの娘にできはしまい。それは笛鳴らしを縛るのにも成功したことを意味する。彼らは剣をもって、この一厘を打倒するよりなくなった。まさしく自縄自縛である。まったく、善人とは御《ぎょ》しやすい。

最早ふたりは、蜘蛛の巣にかかった羽虫も同然だった。自身の絶対的優位を確信し、一厘は舌なめずりのように、先頃砕いた頭蓋《とうがい》のことを思う。

「どういうことだ、これは！」

王子屋徳次郎の怒声が響いたのは、ほんの数日前のことである。しかし彼の気勢は、そよ風ほどの変化も椿組に及ぼさなかった。

「どうもこうもなかろう。太郎坊と右近が敗れ、死んだ。それ以上でも、それ以下でもない」

どっしりと胡座《あぐら》をかいたまま、表情の読めない顔で仁右衛門が見つめ返す。隣に座す一厘は、我関せずで酒を手酌していた。

長田右近死す。徳次郎を赫怒《かくど》させたのは北里に流れたこの風聞である。音羽太郎坊に続きふたりめの死者と言えば少なく聞こえる。だがこれが意味するのは王子椿組の中核が、目的を果たせぬまま半壊したという事実だ。彼らの力を足場とする徳次郎にとって、許容できる話ではなかった。

「わしが訊きたいのは、何故貴様らがのうのうとここに座っているかだ。常々安くない金をくれてやっている。狼藉の目こぼしもわしのお陰だ。餌を食らいながら働きがないでは、今後飼ってはやれんぞ」

徳次郎の物言いが高圧的であるのは、両脇に侍らせたふたりの存在によるものだろう。

ひとりは長身だった。猫背気味に立ち、常にゆらゆらと体を揺らして定まらない。そのさまは柳か幽鬼のようで、触れようと手を伸ばしても、指先をすり抜けてしまいそうだった。

もうひとりは反対に、ずんぐりとした男だった。が、その全身には瘤《こぶ》のような筋肉がうねっている。特に手足は丸太の如く太く、一度足を踏みしめれば何人がかりでも動かない――そんな、小山めいた印象があった。

仁王立ちして見下ろす徳次郎の横で、彼らはにやにやと仁右衛門と一厘を眺めている。どちらからも修練と、そして濃密な血の臭いがした。おそらくは椿組の衰勢を嗅ぎつけ、後釜を狙って売り込みをした武芸者であろう。

「東和《とうわ》流、鴻上辰真《こうがみたつま》」

「同じく、佐々甲陽《ささこうよう》」

ずんぐりが言い、長身が続いた。

「貴様らが役に立たんなら、後はこやつらに任せる」

「そういう次第だ。ここからは我らが引き継ぐ。よろしいかな、お歴々」

一応尋ねる体《てい》を取ってはいるが、漂うのは明らかな威圧だった。腕ずくでもどいてもらおう。そうした心持ちが滲み出ている。その証拠に、両名とも佩刀《はいとう》に手をかけていた。座したままの椿組に対し、幾分優位の形になっている。彼らの身ごなしを一瞥し、仁右衛門はやれやれと頭《かぶり》を振った。その仕草をどう受け取ったか、徳次郎は傲慢《ごうまん》に反り返る。追従《ついしょう》のように、東和流らが声を立てて笑った。

「それになあ、仁右衛門。丹佐めが上方《かみがた》を離れた。貴様はあれを嫌ったが、今を見ればその判断も怪しいものだ。わしはあやつを、また飼ってやろうかと思っている」

「座っていろ」

仁右衛門の低い声が押しとどめたのは、王子屋でも東和流でもない。一厘である。この若者は丹佐という名が出るなり、満面を朱に染めて跳ね立とうとしたのだ。仁右衛門なればこそ制せたものの、一厘は恐ろしく敏捷《はしこ》い。今義経《いまよしつね》と賛されるほどの身軽さを備えている。その刹那《せつな》の動きに反応できず、武芸者たちは顔色を変えた。

「王子屋殿。これは欲得抜きの、親切心からの忠告だ。あの男はやめておけ。あれは己だけで完結している。人の形をした獣、人の形をした嵐だ。手綱《たづな》をつける術《すべ》はない」

菱沼丹佐。

それは三つ首の異名を持ち、かつて仁右衛門たちと同じく、椿組の頭領格であった者の名である。生来の剛力であり、その天稟《てんぴん》による刀術で全てを蹂躙する男だった。椿組に属する以前より、北里近隣を荒らす凶賊として名を轟《とどろ》かせてもいる。

常に飢餓めいた欲望の火で身を焦がし、満たされないその代替か、必要のない殺戮《さつりく》を必要以上に残虐に行った。自身の幸福のためならば、何もかも顧みない存在だった。

殺しを好むという点で、彼はわずかばかり右近に似る。だが両者はまったくの別物だった。右近のそれは芸の探求であり、研究心の帰結であり、つまりは動機と欲求があってのものである。

しかし、丹佐には何もない。目に入ったから。気に入らないから。その程度で殺す。まるで伸びをするように、厠《かわや》へでも行くように、足を刺し腕を落とし、目を潰し舌を抜き、耳を削ぎ首を刎《は》ねた。おまけに彼の暴虐は、身内へも向くのだ。見かねた仁右衛門が幾度となく苦言を呈したが、聞くものではない。

やがて仁右衛門の目のないところで一厘と丹佐が争い、一厘は敗れて無残な傷を受けた。彼が丹佐の名に拘泥《こうでい》し、潰れた鼻への悪口《あっこう》を決して許さないのはこの一件に起因している。

それを機に、仁右衛門は椿組から丹佐を放逐した。命を奪わなかったのは、一厘を除く三名で総がかりにしても、この怪物を確実に討ち取れるとは思えなかったからである。丹佐は決定に黙然と従って去った。あるいは見逃されたのだろうと、仁右衛門は感じている……。

斯様《かよう》に剣呑極まる男なのだが、口ぶりからして王子屋は、あの毒物と裏で繋がりを保っていたものらしい。仁右衛門の言いは徳次郎の身を案じた、心《しん》からの諫《いさ》めである。

「あれも嫌だ、これも嫌だは通らんぜ」

「動くつもりもなく、道を譲るつもりもない。では仕方なかろうなあ、徳次郎殿？」

が、東和流のふたりはこれを怯懦《きょうだ》と怠惰の言い訳と受け取った。話に挙がった丹佐よりも、自分たちの方が使うと誇示する意図もあったのだろう。

佐々がすり足で進み出て、鴻上が影のように寄り添って従う。

「座ってろ」

ため息をついた仁右衛門に、此度告げたのは一厘だった。

「あんたが相手をするまでもない」

言い放つや、彼は自らの懐《ふところ》に手を差し入れた。応じて、東和流が鯉口を切る。が、抜くことは叶わなかった。その前に両名の顔面が、ほぼ同時に爆《は》ぜている。まるで不可視の大蛇が噛み破ったかのようなありさまだった。凶行を為したのは、二条の分銅鎖である。胡座《あぐら》の姿勢から居合の如く一厘が走らせた錘《すい》が、恐るべき速度で標的を粉砕したのだ。

「太郎坊といい、右近といい、死が知れ渡るのが早すぎる。故意に風聞を流す者がいるぞ」

血飛沫《ちしぶき》を上げ、東和流のふたりが倒れる。遅れて上がった王子屋の悲鳴など知らぬ顔で、一厘が呟いた。

「篠田屋の仕業か」

「おそらく、な」

流布されているのは椿組の訃報のみではない。とある娘が逆転の秘策を携《たずさ》えて隣藩に逃れているとの噂が、王子屋への不服従と反抗の気配を藩内に蔓延させている。これらの火元については、論ずるまでもなかろう。

悔しいかなこの効果は覿面《てきめん》で、組の中には明かな動揺が生じていた。元より忠義情義で結束する集団ではない。強い風になびくばかりの烏合の衆なのだ。わずかでも劣勢になると、もういけなかった。昨日までは肩で風を切っていた連中が、今日はこそこそと隠れ潜んでいる。盤面が覆《くつがえ》る気配を感じ、組を離れる者まで出る始末だ。

これ以上傷が広がる前に一気呵成《いっきかせい》に決着を求めたいところだったが、なりふり構わず数を頼る真似はもうできない。

椿組の末端は、親兄弟すら金で売る輩ばかりである。迂闊《うかつ》に頭数を用いる計画を練れば、どの口から内情が漏れるか知れたものではなかった。下手をすれば我が身の利を求め、篠田屋に媚を売る者が雪崩《なだれ》を打つ恐れもある。

せめて太郎坊が存命だったなら、彼の火術と伝手《つて》を最大限に用い、篠田屋どころか遊郭そのものを灰にすることもできただろう。しかしそれも最早叶わぬ空論である。威信の回復を図るならば、仁右衛門と一厘の手でするより他にない。栄華とは実に儚いものだった。

「お主はどうする」

仁右衛門の問いはこれらを踏まえた、一厘が北里を去ることも視野に入れてのものだった。

「俺は行く」

だが、一厘は首を横に振った。

「巣を変えるのは構わんが、舐められて終わるのは業腹だ」

「そうか」

それで、自身の意思も決したのだろう。仁右衛門は頷くと、己の腰の刀を叩く。

「手を貸すのも吝《やぶさ》かではないぞ」

「無用だ。俺はあんたを尊敬している。一目置いてもいる。だがそれとこれとは話が別だ。俺がひとりでやってのける。あんたは座って眺めていろ」

危ういな、と仁右衛門は顎を撫でる。一厘は元から矜持《きょうじ》の高い少年だったが、丹佐に敗北して以来、その性質が歪《ひず》んでしまった感がある。

「では、頼らせてもらおう」

けれど顔には出さず、ただ頷いた。言い聞かせて容《い》れるものではなかろうし、一厘の速力を考えれば、共闘したところでこちらが足枷となるのは目に見えている。何より彼の行動が奈辺に根ざすか、仁右衛門は理解していた。信じて、ありがたく受け取るべきだろう。

「当然だ。安心しろ。俺はもう二度と、剣術使いには負けん」

傲然と、だがどこか照れたように鼻を鳴らし、一厘が立つ。腰を抜かしたきりの王子屋と、血まみれの東和流を跨ぎ越して部屋を出る彼に、「見送ろう」と仁右衛門が続いた。

王子屋との蜜月はあれで終いだと一厘は見ている。

だが同時に、別に構うまいとも思っていた。右近のように口に出しはしないが、彼もまた徳次郎の振る舞いを憎々しく感じるひとりだった。王子屋など、自身のものでない力に溺れ、無様を晒すばかりの愚物に過ぎない。たとえその財力を失ったとしても、椿組には自分がいる。何より仁右衛門がいる。手練れを失ったとはいえ、未だ我らの武は他と一線を画しているのだ。

そして一厘には固い定見《ていけん》があった。強きの意向に弱きがひれ伏して従う。世の理《ことわり》とはそれであるのだと。なればこそ彼は方治と菖蒲の命運を、自身が握っていると信じてやまない。

それほどに一厘が誇る優位とは、即《すなわ》ち地の利だった。

武具であると同時に身の守りたりうるのが刀だ。自他の狭間にただ刃を置くだけで、それは攻め手に対する牽制となる。一厘の分銅鎖は、この機能を備えない。ならば彼の守勢が脆いかと言えば、決してそうではなかった。

一敗地に塗れたのち、一厘がより強く意識したもの――それは間合いである。

彼を打ち負かした菱沼丹佐は巨躯の持ち主だった。加えて、腕が異様に長い。直立してなお、拳が地を擦《す》るのではないかと思われるほどである。上腕は細身女の腰ほどにも太く、この豪腕を振るうべく、両の肩も岩の如くごつりと大きく隆起して、まるで左右に二つ、余分の頭が生えているようだった。

斯様《かよう》な巨人が、三尺を超える太刀を振るうのである。対峙の折、小柄な一厘は近づくことも叶わずあしらわれ、とうとう傷を受けた。そうして、嘲るように見逃されたのである。

屈辱に満ちた記憶であったが、彼はここから学んだ。刀を捨て、丹佐の太刀よりも更に広い殺傷範囲と携帯性を備えた分銅鎖を得物に選び、対となる守りの壁に、距離と速度とを採用した。

今や一厘は、生きた蛇の如く双縄を繰《く》る。薙《な》ぎ、穿《うが》ち、絡め、砕く。あらゆる仕業を二条でしてのけ、双口縄の異名を受けるまでの技量に達していた。

一厘と立ち合う者はまず、刀身の遥か先から襲いくるこの恐るべき顎門《あぎと》を凌《しの》ぎ、間合いを詰めねばならない。それに加え今は、闇に聳《そび》える木々と、雨にぬかるんだ土がある。このどちらもが一厘を守る城砦であり、笛鳴らしにとっての死地なのだ。

無論、方治も素人《しろうと》ではない。一厘の身ごなしと得物から、この不利をおよそ直感している。それゆえ一厘の呼吸を盗み、咄嗟に駆けた。本来ならば、まだ遠い間合いから腕を伸ばして片手薙《な》ぎを送る。殺傷力の低い太刀行きだが、これにはまず体を崩す意図があった。磐石の姿勢で振るわれるあの分銅の前へ飛び出すのは、素裸で矢玉の飛び交う戦場に赴くのに似る。兎《と》にも角《かく》にも攻めて攻め切り、一厘に技を十全に発揮させまいという魂胆だ。

が、方治の切っ先を、水面《みなも》に映る月のように一厘は躱す。ただ体を捻ったのではない。まったくの予備動作なしに、一間《いっけん》（二メートル弱）ほどもの跳躍をしてのけたのだ。飛んだ先で樹木を蹴って更に跳ね、方角を転じた一厘は軽々と刃の距離を離脱する。しかもその間《かん》、足下《そっか》に目線を落としていない。足腰の強さのみならず、驚くべき平衡感覚と空間把握能力だった。剣で捉えるのは至難極まる軽業《かるわざ》である。先の呼吸はわざと盗ませた隙であると思い知るしかなかった。

「蚤《のみ》か虱《しらみ》か、よく跳ねるこった」

二度三度と続けて舌を打ち、方治は毒を吐き捨てる。

「乗らんよ、笛鳴らし」

低く笑うと同時に、錘《すい》が夜闇を裂いた。長脇差で打ち払い、方治は前に出んとする。が、これも上手く運ばない。地を這う低さをもう一条が走り、笛鳴らしの足運びを絶妙に封殺する。

一見棒立ちと見える一厘だが、これは毒蛇の蜷局《とぐろ》に似て剣呑な構えだった。わかりやすく腕を振るう刀術とは違い、彼の技は小さな手首の返しが先端の大きなうねりとして増幅されるものである。それだけに起こりが読みにくい。

また飛び道具とも異なって、鎖の軌道は直線ではない。精妙な繰《く》りにより、遠心力で加速した錘は奇怪の軌道で迫るのだ。しかも、これが二条。生半《なまなか》の達人では防ぎえない代物だった。

「窮屈なものだな、剣術使い」

嘲《あざけ》りに、方治は言葉を返さない。代わりに腰の鞘を抜き、弓手《ゆんで》に構えた。急場を凌《しの》ぐべくの、即席の二刀流である。分銅鎖は重く鋭い。が、それを承知で気を張れば、片手で受け流せぬことはない。そう考えての仕儀だった。つまるところ、憎まれ口の呼吸を惜しむほどの窮地なのだ。打開の策がなく、守りを固めるより他にない。人質により逃走を禁じた一厘の策が、真綿のように方治の首を絞めつつあった。この種の武器と対峙した経験がないのも災いし、ただただ、彼は不格好な踊りめいた受け太刀を強いられている。

苦境を目の当たりにしながら、しかし菖蒲も動けない。どうにか赤ん坊を抱き上げてやりたい、方治の手助けをしたい。そのように思ってはいる。が、笛鳴らしとの間合いを保ちつつ、一厘は常に赤子を一撃できる位置取りを忘れない。その上で、菖蒲の挙動にまで完璧に注意を払っている。迂闊《うかつ》な手出しをすれば逆捩《さかね》じを食らうのが目に見えていた。

「その子の親はどうした！」

せめて集中を散らそうと問答を仕掛ける。

「邪魔立てしたので打ち据えておいた。そういえば、生き死にを確かめてはいないな。貴様らが済んだら、息の根を止めに戻るとしよう」

しかし一厘は余裕を持って答え、攻め手は少しも弛めない。げに恐るべき手練れだった。

方治へと意識を凝らしつつ、同時に八方に気を配る。凄まじい仕業をこなし続ける一厘の意識は、これ以上なく冴え渡っていた。わずかな光量の中、彼は方治の些細な視線の動きすらも見極めている。それほどに研ぎ澄まされていた。

踏み込もうとする先を読んで錘《すい》を送り、追撃の鎖を唸らせる。この横薙《な》ぎを、方治は受けずに低く潜《くぐ》った。一瞬生じた双鎖の遅滞に駆けるも、方治が詰めたと同じかそれ以上の距離を一厘は既に跳ねている。刃は届かず、跳躍中に引き戻されたふたつの錘が、方治の膝と首を打ち砕かんと迫った。たまらず飛び下がり崩れた体《たい》へ、一厘は続けて手首を返す。操《く》りに応じた分銅鎖が天地から方治を襲う。鋼の噛み合う音が響いて、二条ともが打ち払われた。方治の剣と鞘とによる防ぎだったが、このために彼は更なる後退を強いられる。小さく舌打ちするその額には汗の玉が浮かび、呼吸は荒く乱れていた。

趨勢《すうせい》は拮抗しているかに見えて、確実に一厘へ傾いている。

磁鉄鉱を鍛えた分銅鎖の地金は黒く、闇に溶け込むその色は、星明かりのみで見切り続けられるものではない。今はまだ無傷のまま躱し続ける方治だが、緊張は甚《はなは》だしく、極度の疲労となって彼を蝕《むしば》んでいた。人間の体力は無尽蔵ではない。気力もまた然《しか》りである。いずれ集中を切らし、頭蓋《とうがい》を打ち砕かれると決まっていた。

必死に足掻く方治を眺め、一厘は愉悦にきゅうと目を細めた。あるいは過日、丹佐めが見ていた景色がこれだったのだろうかと思う。


一厘は漁村に育った孤児だった。

ある嵐の後、打ち上げられた船の残骸から見つけられた赤子であり、彼の名は九分九厘の死を乗り越えたことに由来する。拾われた一厘は、それから網元の家で育てられた。村が余計な口を生かしたのは、無論、善意からではない。最も過酷な労働に従事させるためだった。

体ができて以降、彼はいつ壊れてもいい道具としての扱いを受け続けた。飢えて死なない程度の食事を与えられ、わずかでも抗えば何倍もの暴力が返る暮らしから、一厘は学んだ。強い者は何をしても許されるのだと。同時に、小さく細い自身の体を眺めて思った。自分は一生涯弱いままであるのだろうと。実のところ彼の肉体は強靭な生命力を宿していたのだが、この時の一厘はまだ己を知らずにいた。

転機が訪れたのは、ある夏の夜のことである。

暑気と空腹で寝付けず、一厘は寝床を抜け出し浜に出ていた。明日の朝も早い。眠らなければ辛いとわかってはいても、どうしようもない不安から寝付けず、暗い砂浜で膝を抱え、ひとり波の音に耳を傾けていた、その時。前触れもなく大地が鳴動した。それは凄まじく巨大な地震だった。一厘の平衡感覚をもってしても立つは叶わず、這いつくばって揺れが収まるのを待つしかなかったほどである。

どうにかやり過ごし、急ぎ村へと戻った彼が目にしたのは一面の惨状だった。

ほとんどの家屋が平たく潰れ、あちこちから呻きやすすり泣きが聞こえてくる。寝入っていた者の多くが、落ちた屋根の下敷きとなったようだった。一厘はしばし立ちすくみ、光景に見とれてから、我に返って再び走り出す。これも僥倖《ぎょうこう》と呼ぶべきか、長く暮らした網元の家もまた倒壊していたが、瓦礫《がれき》に下半身を咥え込まれながらも生きのびた育ての親の姿をそこに見出すことができた。

一厘の姿を認めるなり網元は「早く助けろ」と傲慢《ごうまん》に喚き、その舌に一厘は笑顔で応えた。手頃な木切れを拾い上げ、何の躊躇《ためら》いもなく網元の顔面を殴打する。

一厘は彼に教えられたのだ。強い者は何をしても許される、と。そして今、彼我の強弱は逆転していた。網元の罵声が許しを請うものへと変わっても、耳は一切貸さなかった。この機を逃せば、またあちらが強い側になるのは知れている。一厘は暴行を継続し、網元の体がぴくりとも動かなくなると、生まれて初めて心の底から笑った。

それから、彼は家々を巡った。そこかしこで助けを求める声や、救いを求める手に出会ったが、せせら笑って無視をした。弱者に対する扱いはそれでよいのだと学習していたからだ。まだ無事な住居を漁り、持てる限りの食料を持ち出すと一厘は高台へ逃れた。周囲に人影がないのを確めてから、腹一杯になるまでそれを貪った。

一口ごとに血が燃え上がり、鼓動が力を増すのを感じた。五体に命が満ちていくようだった。素晴らしい贈り物を受け取っているのだと思い、これが生きるということなのだと理解した。今の今まで、自分は死んでいたのだ。そう確信した一厘は、この幸福を二度と手放すまいと決意した。そのためには、生きていくためには、誰よりも強くあらねばならない。

一厘はそのまま村を離れ、野盗に身を落とした。彼の感覚に沿って述べるなら、落ちたのではなく成り上がったのだ。

日々の力仕事に苛め抜かれた彼の五体は、いつしか体躯に見合わぬ膂力《りょりょく》と素早さを備えるに至っていた。瞬く間にならず者たちの中で一目置かれる存在となり、やがてその卓越した身体能力を仁右衛門に見出された。当然の反応として、一厘はその手に噛み付いた。が、たちまちに打ち据えられ、従属を誓わされることとなった。当時の一厘と仁右衛門の力量差はそれほどであったのだ。

武力で屈服させられた一厘だが、反抗の牙が抜けたわけではない。虎視眈々と逆転の機を窺っていることは、態度からも明白だった。しかし仁右衛門は気にも留めない。その日のうちから一厘へ剣の稽古を施し、また学問を仕込み始めた。こうして、一厘は仁右衛門に育て直された。酒も女も彼から学んだ。いつしか反発は敬服に変わり、受けたものを恩義と感じるようになった。

その心持ちが決定的になったのは、丹佐に敗れた後である。

強さのみを信奉する一厘にとって、敗北とは目の眩《くら》むものだった。己は価値を喪失し、ついに生きるは叶わなくなったと絶望した。

けれど、仁右衛門は彼を見放さなかった。それどころか一厘を庇って丹佐を放逐し、

「養生しろ」とわざわざ見舞って労わりまでしたのだ。役立たずの敗者を気遣うなど、一厘には驚天動地のことだった。このような振る舞いは、椿組における仁右衛門の立場を悪くしたはずである。だというのに彼は、少しも変わらず一厘に接し続けた。

――より強くあらねばならない。この人のために。

口には出さず、一厘は決意する。以来、彼は仁右衛門に忠義を尽くした。様々な武術を身につけては練り上げ、彼の牙として意を汲んで働き続けた。

此度のこともそうだ。

椿組も王子屋も、一厘にしてみればどうでもよい。肝心なのは、仁右衛門が何を望むかだけだった。娘と笛鳴らしを殺害し、一味の威信を取り戻そうと動いたのも、仁右衛門の根底に組を守ろうという意志を見たればこそである。

反抗と尊敬、そして報恩。一厘が抱《いだ》く入り混じった感情は、子が親に向けるそれに酷似していた。彼にとって、仁右衛門は確かに父の代替であったのだろう。

このような心を内包しつつ、しかしついぞ理解しなかったところに、一厘の敗因と滑稽さとがある。

わあっとふたつの声が上がった時、最も早く反応したのは菖蒲だった。

振り向いた彼女が見たのは、必死の形相を浮かべたあの若夫婦である。おそらくは赤子の泣き声を頼りにここまでやって来たのだろう。次いで一厘が、そして方治が闖入者《ちんにゅうしゃ》を察知する。ひたすらに動かされていた方治はもちろん、優位にある一厘もまた、疲弊と無縁ではいられない。知覚の遅れはこれにより生じたものだった。ある意味、方治の粘《ねば》りが作り出した隙ともいえた。

夫婦は死闘に目もくれず、まっしぐらに我が子へ駆け寄る。すぐさまふたりの意図を理解して、菖蒲がこれに追走した。

一方、ぎょっと動きを止めたのが一厘である。その生い立ちから、彼は親子の情を解さない。赤子を便利な道具としか思わず、それゆえ我が身に代えても子を救おうとする親の気持ちが理解できない。ただの弱者であるこの夫婦が、どうして容易《たやす》く命を晒したのかがわからない。だからこそ一瞬、無私の裏にある謀略を見抜こうと思考を巡らせた。巡らせてしまった。

生じた空白はほんの刹那《せつな》だったが、方治にとっては十分だった。菖蒲たちに続き、彼もまた一厘へと迫る。

我に返った一厘が、はっとして得物を握り直した。標的は四人、鎖は二条。弱く、不確定な存在からまず潰そうと、瞬《まばた》きの時間で決断を下す。双手が閃き、錘《すい》が躍る。

夫婦の頭が爆《は》ぜ砕ける、その前に。

「右っ！」

「承知」

鋭く菖蒲が叫び、方治が応じた。呼吸を合わせ夫婦を左右から追い抜いて、それぞれに分銅鎖を切り払う。守られたことにすら気づかないまま母親は駆け続けて我が子を胸に抱きかかえ、父親は家族を守ってその上に覆い被さった。

錘を防ぐのに手一杯だった菖蒲とは異なり、この間《かん》も方治は動きを止めない。すいと一厘までの距離を詰め、ついに一足一刀の間合いを越える。

――間に合わんな。

笛鳴らしの速度に直感した一厘は、跳躍を断念して覚悟を固めた。死ぬ覚悟を、ではない。斬られるのではなく、斬らせる。首を討たれるよりは肩を、腕を断たれるよりは手を。より支障のない部位を敢《あ》えて差し出し、受ける傷を比較的軽く済ませる。つまりはしぶとく生き延び、戦い続けるための覚悟をしたのだ。

ここから方治がどのような太刀行きをしようと、一厘は応じて身をひねり、必ず致命を免れただろう。しかしその目の色を方治は見ている。

方治は走りながら側《そば》めた刀を振るわず、一厘の右手へ向け、肩口から倒れ込むような跳躍をした。腰の下を低く飛びつつ、中空で反転。虚を突かれた一厘の膝裏を横合いから、高く夜天へと斬り上げる。刃を振るった反動を殺さず、方治は地を滑りながらもう半回転。片手を突いて膝立ちになった。

この剣を、足まがりという。

「まがる」とは「まとわりつく」の意である。讃州《さんしゅう》に現れ、道行く者の足にまといついて転倒させるあやかしの名だ。本来は複数でひとりを襲う際の形であり、単身で用いるにはひどく前後の体勢が悪い。一厘の意識が防ぎにばかり傾いていなければ、到底使えぬ奇剣だった。だが方治は、一厘の気勢を外すべくこれを用いた。捨てる体《たい》を選ばせず、まず機動性を殺したのである。

苦悶を漏らしつつも方治の姿を追い、一厘が身を翻す。が、足を庇っての動きは露骨に鈍い。向き直るより早く方治が駆けて、更に刀を閃かす。肉を断つ濡れた音が響いて、一厘から右手首が失われた。

「まだだ！」

それでもなお、彼は吠えた。片足のみで驚くほど大きく跳ねて、剣の間合いから辛うじて逃れる。蛇《くちなわ》めいた、恐るべき生命力だった。

「俺は死なない。まだ死ねない。まだ、何も返せていない――！」

鬼相が睨めつける先には、菖蒲の姿がある。せめて道連れにしようというのだろう。残された分銅鎖を一厘は構え、だが最後の力で錘《すい》を投じるより早く、その胸に刃が突き立っていた。方治の投刀である。鋭く飛んだ長脇差を、満身創痍の一厘は避けえなかった。

じゃらりと鎖が地に落ちる。我が身を貫く刃を信じられぬとばかりに見つめ、やがて一厘は仰向けに倒れた。その体に動く力が最早ないのを確かめて、方治はゆっくりと歩み寄る。

覗き込んだ一厘の唇は、血の泡にまみれていた。それでもまだわずかに震え、声にならない声を紡いでいる。何者かに詫び続けているようだった。

「お前にも、お前なりの不幸があったんだろうよ」

これ以上苦しませないのが情けだろう。脇差を引き抜き介錯をして、方治は小さくひとりごちる。

「だってのに、まるで聞き蒐《あつ》める気が起きねェ。……おかしなもんだな」

ふと送った視線の先では、菖蒲が若夫婦を助け起こしていた。

「またお礼を言わないとだな。ありがとう、方治」

赤子の無事を確かめたのち、方治と菖蒲は彼らを家まで送り届けた。

＊＊＊

菖蒲の提案によるものだったが、意外にも夫婦はこれを受けた。あちらにしてみれば、方治と菖蒲はとんだ災難を持ち込んだ疫病神である。拒絶も恨み言も致し方なしと見ていた方治は、肩透かしを食った心地だった。お人好しどもが互いの無事を喜び合って別れ、その後、菖蒲の口から飛び出したのがこれである。

三十日衛門に夫婦への見舞金を相談する算段と、志乃へ死体の処理を依頼する思案に気が行っていた方治は、突然の感謝にたじろいだ。

「俺は何もしちゃ――」

「してくれただろう」

読んでいたとばかりに否定を遮り、菖蒲は明るく微笑する。

「方治は今度も助けてくれたぞ。あの一家が無事だったのは方治のお陰だ。私の身勝手で巻き込んだのに、私だけでは守れなかった」

その笑顔のまま、瞳を潤ませた。

「怖かった。また、死なせてしまうかと思った。だからありがとう。本当にありがとう」

感情が昂ぶったのだろう。声を震わせ涙ぐみ、呼吸を整えてから目元を拭う。どう言葉をかけたものかわからず、方治はただ戸惑った。泣く子をあやすのは苦手だ。がりがりと頭を掻いて結局諦め、

「帰るぞ。急がねェと大門が閉じちまう。閉め出されるのは勘弁だ」

脈絡なくぶっきらぼうに告げて、先に立った。が、数歩歩いても菖蒲の動く気配がない。眉根を寄せて振り向くと、娘は物言いたげに、そして若干不満げに、じいっと方治を見つめていた。

「……帰るぞ」

「うんっ！」

苦笑混じりに手を伸べると、飼い主に名を呼ばれた仔犬のように駆け寄ってきた。勢いとは裏腹に、菖蒲は遠慮がちに指先を繋ぐ。

「戻ったら、皆に謝らないとだ」

「おうおう、たっぷり叱られるがいいぜ」

「……ちょっぴりは、口添えしてくれていいんだぞ？」

「さーて、どうしたもんかねェ」

軽口を交わしながら夜を行く。そのうちに、「それにしても」と菖蒲が話題を転じた。

「親は強いな。びっくりした。あんな危地に、少しも躊躇《ちゅうちょ》なく飛び込めるだなんて」

繋いだままの手に、ぎゅっと力が篭る。

「父も、あんなふうに私を守ってくれたんだな」

「親にもよるさ。世間にゃ我が子を殺すようなのまでいやがる」

どうも今宵の彼女は、随分と感傷的らしかった。また泣かれるのは御免だったから、わざとらしい憎まれ口を叩いてやる。背後で、菖蒲がむくれるのがわかった。

「もー！　素直にすごいなって感心すればいいだろう。まったく、そういうところ、方治は子供だな。わりと子供だ。うん、子供だ」

「そうだな。仰《おつしや》る通りだ」

思っていた反応と違ったのか、「あれ？」と呟いて菖蒲は困惑する。

「俺は大人だからよぅ、子供の戯《ざ》れ言《ごと》は軽く聞き流してやるのさ」

「……やっぱり、負けず嫌いの子供じゃないか！」

憤慨しているような口ぶりだけれど、その実《じつ》くすくすと笑みがこぼれている。方治もまた、なんとなく愉快な気分だった。

「なあ、方治」

「うん？」

やわらかな雰囲気に勇を鼓《こ》したのか、調子を変えて菖蒲が切り出す。

「今度、私に笛を教えてくれないか」

「相も変わらず藪《やぶ》から棒だな。俺はそんなに暇じゃあねェぞ？」

「頼む。一曲だけでいいんだ。おけいの時に吹いてくれた、あの曲を覚えておきたい」

そういうことかと諒解した。

おけいの死を、この娘はいつまでも抱えていくのだろう。だがそれはもう、心を苛《さいな》む悔恨でも、後ろ向きな自責でもないはずだった。

「教えるのはいいが、お前、手持ちの笛がねェだろう」

「む」

指摘を受けて菖蒲が唸る。しばしの沈黙ののち、くいくいと手を引かれた。肩越しに振り返れば、「どうしよう？」と縋るような目が見上げている。

「ま、齧るだけなら間に合わせでよかろうよ」

いい生まれらしいこの娘にとって、楽器とは大層値《ね》が張るという頭があるのだろう。だが鳴らす程度の竹笛ならば、簡単に拵《こしら》えられる代物だ。冬場の竹は油抜きせずとも腐りにくい。もう少し寒くなるのを待ち、どこぞの藪《やぶ》で伐ってくれば――

そこまで考えて、方治ははっと胸を衝《つ》かれた。いないのだ。冬が訪れる頃にはもう、菖蒲は篠田屋にいないのだ。ほんの一瞬、方治の足が止まる。が、すぐになんでもない声で続けた。

「……作ってやるさ。そのうちにな」

「うん。楽しみにしてる」

知らぬ顔で約束をし、娘もまた、わかった上で頷いた。

仁右衛門村時雨

ふむ、と顎を撫でて、方治は軽く唸った。

秋晴れの午前。昼見世の始まる前に、女たちが文《ふみ》を書く時分である。文字を教え、また添削する立ち位置の方治であるが、それらを請う者がなければ基本的に暇なのだ。談笑しながら虚実入り混じった手紙を認《したた》める彼女らを、襖を取り払った大部屋の壁にもたれて座る方治は、眺めるともなく眺めている。

彼を呻かせるのは、このところの菖蒲の距離だ。

予《かね》てから、懐かれている感触はあった。が、あくまで犬猫の戯《じゃ》れを超えない代物だった。しかし先日の一件以来、これが明らかに変わってきている。どうしたものかと、顎をもうひと撫でしたところへ、

「せんせ、ひとつお訊きしたいんですけど」

そう声をかけてきたのは、方治と同じく師範役を勤めるおこうである。呼ばれて見

ていた和歌が仕上がったらしい。姿勢良く戻ってきた彼女は方治の正面で足を止めると、立ったまま体を折って、ぐっと顔を覗き込んでくる。

「菖蒲様に何をしたんです？」

「何もしちゃあいねェよ」

　意中を見透かすような問いに、笛鳴らしの眉根が寄った。

「……本当に？」

　その反応が一層疑心を強めたのだろう。彼女は垂らした前髪の向こうから、探る視線を方治に注ぐ。

「嘘を言ってどうするんだよ。そもそもおこう、こいつァどういうお調べだ？」

「……」

　腰を曲げた格好のままおとがいに指を当て、おこうはしばし考える風情を見せる。言うべきか言わざるべきかの天秤を揺らしている様子だったが——

「菖蒲様がね、いきなり言い出されたんです。『私も方治を買おうかと思う』って」

「…………」

　方治が、なんとも言えない渋面を浮かべた。その顔で溜飲を下げたのか、おこうは悪戯《いたずら》っぽく笑む。以前は珍しかった屈託のない表情を、このところの彼女はよく見せた。

「ご安心くださいな。ちゃーんと、言い聞かせておきましたから」

「大助かりだ。恩に着るぜ」

額の汗を拭う仕草をしてみせると、おこうは「いえいえ」と首を振って姿勢を戻す。

「だけど、そんなお困りになるようなことですか」

「……いや、困るに決まってるだろうが。一応ながら、あいつは大事な預かりものだぜ?」

「そうだとしても、笛の教授くらいは全然構わないと思いますよ」

「あん?」

方治は間の抜けた声を出す。

どうやら咄嗟の想起から、菖蒲の的《まと》は著《いちじる》しく遠かったらしい。

「せんせのお時間を買って笛を教わりたいんだって、そう菖蒲様は仰《おっしゃ》ってました。でもせんせは人気ですからね。いきなり言っても体は空《あ》きませんと窘《たしな》めたんです。何かおかしなところでも?」

「おこう、お前よぅ」

「はい」

「なんか、底意地が悪かねェか」

「そんなことありませんよぅ」

口元を隠してくすくすと、おこうは楽しげな様子である。そこへ、とととっ、と軽い足音がした。

「なんだなんだ、内緒話か？」

小走りに駆けてきた菖蒲は、ぴたりと方治に寄り添って端座する。何が嬉しいのか、にここと機嫌がよい。

「……せーんせ？」

「おう」

もう一度おこうは顔を寄せ、冷たい声音で耳打ちをする。

「菖蒲様に、一体何をしたんです？」

「断じて何もしてねェよ」

「ふうん？」

体を戻して腕を組み、またしても前髪の向こうからじっとりと方治を見下ろした。

菖蒲は小首を傾げながら、そんなふたりを見比べる。

「おこう、おこう」

「どうしました、菖蒲様」

「方治の弱みを握ったなら教えて欲しい。私も煮え湯を飲ませてやりたいっ」

おこうが方治をやり込めている様子から憶測したのだろう。唐突に物騒なことを口にした。

「残念ですけど、違います。菖蒲様の笛について、お話をしていただけですよ」

「ああ、私が方治を買う話か。あれは諦めた。楽器は志乃に借りればいいと思ったのだけれど、割り込みはよくないことだからな。暇な時に手ほどきしてもらうっ」

勝手な話を決定事項のように宣言され、方治は呆れて天井を仰いだ。だがおこうは娘の判断が立派なものであるとばかりに、菖蒲の頭を撫でている。まるで芸を覚えた犬の扱いだなと、胸の内だけで皮肉を思う。

「だから安心してくれ。おこうの番だって順序通りだ」

「あ、いえ。わたしは……その、先生を買ったりはしていませんから」

そういえば、おこうの身の上話を聞いた覚えが方治にはない。

篠田屋にいることといい、火傷《やけど》の痕といい、訳ありなのは確かであろう。だが同時に、冷静で分別を備えた女である。おこう自身が明確に一線を引く以上、無理にそれを踏み越えるのは無粋だった。誰にも寄りかからずにひとりで立てているのなら、こちらからの手出しは必要はあるまいと方治は見ている。

「あれ、そうなのか」

そのような裏を知らないからか、菖蒲は意外そうな反応をした。方治の不幸蒐《あつ》めを、この娘は心得ている。あるいは彼が、店の女たちの過去を軒並み聞き出していると考えていたのかもしれなかった。

「おこうと、それから志乃はてっきり……」

「ちょっと。ちょっと、菖蒲様！」

おこうが泡を食って菖蒲の口を塞ごうとする。そこへ被せるように、「姦《かしま》しいね」と遣手《やりて》が顔を覗かせた。

「お、お志乃さん⁉」

「なーんだってんだ、次から次へと」

一層狼狽するおこうと、呆れ気味にぼやく方治の双方を無視して、志乃は菖蒲に会釈する。

「菖蒲様、御前との話はお済みに？」

「うん、大丈夫だ」

「では少々、先生をお借りしますよ。すみませんが、おこうとふたりでここをお願いできますか」

「わかった。任せておけ！」

「だから毎度毎度お前らはよ、なんだって俺の去就を手前勝手に決めやがる」

菖蒲も女たちへ文を指南する側であるから、差配自体に問題はない。が、理屈の正しさと納得は別である。一矢報いんと吠えた方治だが、

「弁えない先生だねぇ。いいからついておいで」

「方治、わがままを言わずに行ってこい」

まるで聞き分けのない犬扱いである。

どうも口では勝てそうになかった。嘆息して立ち上がる。頭を掻きながら部屋を出る折、申し訳なさげにおこうが目を伏せるのが見えたので、「気にするな」と軽く手を振っておいた。


志乃に連れられて向かった先は、内所《ないしょ》の奥の一室だった。先ほどまで三十日衛門と菖蒲が談話していたらしいが、老人はそののち慌しく店を出て、今ここにその姿はない。

「お楽しみのところを、お邪魔したねぇ」

「あれが楽しく見えたってんなら目の患いだ。医者へ行け」

裾を払って着座しながら志乃が言い、向かい合う形で腰を下ろして方治が答える。

すると遣手《やりて》は無表情のまま、けれど咎める雰囲気で彼を一瞥した。

「わかっておやりよ。可愛らしい悋気《りんき》じゃあないか」

誰のやきもちとは、彼女は言わない。方治も気のない相槌で流し、「それよりもよ」と低い声で問うた。

「用件はなんだい？　わざわざ俺だけを呼び立てるんだ、あいつらには聞かせられねェ類《たぐい》なんだろう？」

「話が早くて結構さ。実はね、先生」

遣手はそこで一度言葉を切って、懐中から書状を取り出す。凶事に用いる左封じだった。

「あんたに宛てて、果たし状が届いているよ。差出人は装束仁右衛門。椿組頭領格の、最後のひとりさ。お望みは立会人なしで一対一の技比べ。こちらが勝てば椿組は北里から退去。あちらが勝てば菖蒲様が北里へ戻る。条件はそれくらいさね。もし承知なら門前に、白布《はくふ》を結んで報せろってお達しだよ」

「……果たし状、ねェ」

書状を受けてひらつかせる方治の声には、驚きよりも苦笑が強い。

果たし合いなど、今日日《きょうび》武士でもしない。いや、武士だからこそしない。家の存続を第一に考える二本差しが御法度《ごはっと》を犯すのは、余程の窮余に限ってである。面目に拘《こう》泥《でい》せずによい町人ならば尚更だった。

にもかかわらず、仰々しくこれを名目に押し出すとなれば、十中八九、裏がある。

仁右衛門の申し入れは、まず謀略と見て間違いがなかった。

一対一を騙《かた》り、決闘に際して多人数で押し包む、立ち合いの場までの道中で暗殺を企《たく》む、方治の居ぬ間《ま》に篠田屋を襲う等々と、乗じて用いる策などいくらでも思いつく。

「で？　どうするんだい、先生？」

志乃の問いに肩をすくめた方治だが、もう答えは決まっていた。

「受ける以外にねェだろうよ」

「やっぱり、そうなるね」

予めわかっていたように遣手《やりて》が頷く。彼女もまた、同じ危惧を覚えていたのだろう。

「ああよ。椿組は屋台骨が揺らいでやがる。だからこそ怖い。なくすものがない奴ってのは一等おっかないからな。何をしでかすか知れやしねェ」

特に危険視すべきはその人数だ。仕掛けた流言飛語で瓦解寸前に陥っているとはいえ、椿組が擁する頭数は未だ多い。一切の利害を無視し、組を傾けた菖蒲への意趣返しのみを目論むのなら、彼らは総力を挙げて騒擾《そうじょう》するだけでよかった。それだけで北里藩は家中不行き届きの咎を受け、菖蒲とその父が守ろうとしたものは器ごと砕け散る。こうした暴発を防ぐには、あちらの意に沿うより他に手がない。

「ま、人間ってのは割合に単純だ。首の皮一枚だろうと、望みが繋がればそいつに縋る。企みのほどは見えねェが、承諾さえすりゃ、事が済むまで違う動きは起こさんだろうさ」

「だと、いいけどねえ」

含みのある言いに、方治が目を眇《すが》めた。

「まだ懸念があるのかよ?」

「このところ、王子屋と椿組の動きがちぐはぐなのさ。仲違いをしたらしくってね、お陰で思惑の見当がつかないんだよ」

「果たし合いとは別に、独断専行があるかもしれねェってことか」

「場合によっては、ね」

ひとつ息をついて、志乃は気だるく後《おく》れ毛を掻き上げた。そのまま、物憂《ものう》い視線を方治に据える。

「それにしても、随分と入れ込んだもんだ。あんたの仕事は菖蒲様の身辺警護。北里の興亡なぞ知ったことじゃなかろうに、今回に限ってどういう風の吹き回しだい？」

「ここまで来て見放すってのは後生が悪い。それだけさ」

へぇ、と平坦なかすれ声で感嘆を示し、志乃は片目を薄く閉じた。

「通り一遍、上辺だけの浅い付き合いしかしない先生に、そんな気骨があったとは驚きだねえ。対岸の火事を肴《さかな》に、酒を干すばっかりの男だと思っていたよ」

「言ってくれるじゃねェか」

「そこそこ長い付き合いだからね。見知りもするさ」

貶《けな》すような言いざまだが、特に方治は腹も立てない。志乃に嘲弄《ちょうろう》の心がないのをわかっているためでもあるが、方治自身が誰よりも、我が心のさざなみを承知していた。

自嘲気味に小さく笑う方治に、志乃はかすかに眉を動かし、

「……いいさ。まあ好きにおしよ。実際に命のやり取りをするのは先生なんだ。御当人が乗り気なら、あたしが遮る道理はないね」

淡々とした声音には、どこか拗ねた色合いが滲む。婉曲に身を案じられているのだと理解はしていた。それこそ長い付き合いの賜物《たまもの》だ。この女の能面面《のうめんづら》にだって見当はつく。しかし素直に心を晒すには、互いの性根が面倒にこじれすぎていた。誰もが菖

蒲のように振る舞えるものではないのだ。

笛鳴らしは佩刀《はいとう》に目を落とす。これまでの数打ちとは異なる刀が腰に収まっていた。先日、三十日衛門に渡された品である。無銘だが刀身は重ねが厚く、無骨ながらも頑健なひと振りだった。

楼主の心遣いと見せて、実のところこれは、志乃が目利きし購《あがな》ってきたものだと方治は聞き及んでいる。差し出口したのは言うまでもなく三十日衛門本人だ。あの老人は、時折ひどく口が軽い。

「ご心配くださるのはありがてェが、世の中奇矯が多いからよぅ。行ってみりゃ額面通り文字通り、正面切った真剣勝負が待つばっかりかもしれねェぜ」

「あんたの太平楽につける薬はありゃしないね」

感情の窺えない瞳を閉じ、そこではっと気がついて、志乃は身を乗り出すと方治の膝をぴしゃりと打った。

「そもそも、誰が誰を案じているって？」

「取り繕いが遅《おせ》ェよ」とは方治は言わない。が、面持ちで察したのだろう。志乃は不覚を取ったとばかりに口を一文字《いちもんじ》に結び、ゆっくりと首を振る。

「日取りは明後日《みょうごにち》、卯の中刻《ちゅうこく》（午前六時）。場所は南の馬場だよ」

分がないと悟ったか、無駄と切り捨てたか、遣手《やりて》は引きずらずに話を戻した。

旅籠《はたご》を兼ねる相沢の遊郭は、旅人の出立に合わせ払暁《ふつぎょう》の前に大門を開ける。仁右衛門が指定した時刻は夜明けのしばしのちであり、早朝に発《た》つ人の出入りが一段落する時分でもあった。馬場を訪れる者もまずなく、衆目を避けたい決闘の時刻としては上々の部類であろう。

「店の守りと道中の警護、それと場の検《あらた》めはこっちで請け負うけど、構わないね？」

「ああ、よろしく頼まァ。ただし、目立たねェようにな。こっちが人数を繰り出しただの何だので一分の理《ことわり》が立ちゃ、それを看板にやりたい放題があるかもしれねェからよ」

「承知だよ。大体他に、あんた並みの手練れなんぞはいないんだ。ちょっかいは出すなと言い含めるさ」

それから馬場周りの地図を元に、ふたりは額を寄せ合って、手配りの詳細を詰めた。やがておよそ論が出尽くしたところで、方治がついと面《おもて》を上げて志乃を見る。どう切り出すか逡巡したのち、さも思いついたついでという顔で口を開いた。

「それとだがよ。このことは——」

「わかっているよ。菖蒲様の耳には入れるな、だろう？」

つまらない男の演技はお見通しとばかりに、志乃が先手で図星を射抜く。

「菖蒲だけじゃねェ。御前にもだ。年寄りは孫に甘いと相場が決まってやがるからな」

一瞬口ごもった方治だが、すぐに気を取り直して先を続けた。以前、志乃に口止めしておいた椿組の手管を、老人があっさり菖蒲に伝えてしまったことを、彼は根深く恨んでいる。

了承の代わりに手を伸ばし、志乃は彼の頬をきつく抓《つね》った。

「……おい」

「可愛らしい悋気《りんき》だろう？」

澄まし顔で指を離し、遣手はほつれ髪を撫でつける。

「手前で言わなきゃ、そうだったかもな」

ぶっきらぼうに返して、方治は軽く刀を叩いてみせた。

＊　＊　＊

朝靄《あさもや》が、薄く煙っている。

約定の刻限にはまだ早い。が、馬場の中央には、ぽつんと立ち尽くす行者姿があった。装束仁右衛門である。

——やはり、このような仕儀となったか。

靄《もや》越しの曙光を身に浴びながら、彼が抱《いだ》くのは暗い悔恨だった。

椿組は、悪逆非道の集団に他ならない。一時《いっとき》は隆盛を誇れど、天道に照らせば必ず滅びるさだめのものである。そのことは仁右衛門も承知していた。承知した上で、叶う限り終焉の日を遠ざけようと努めてきた。が、彼の足掻きもとうとう潰《つい》えようとしている。

決定的だったのは一厘の死だ。

またしても篠田屋の手によるものだろう。その訃報は燎原《りょうげん》の火のように北里に広まり、既に走っていた亀裂を、どうしようもなく押し広げた。歳若くして頭領格に座す一厘を、力の象徴と見ていた者は多い。武の誇示により威信を保とうという思惑は、笛鳴らしの力量を知らしめるのみに終わり、逆に組の崩壊を加速させた。

この大きな揺らぎに際し、仁右衛門は箍《たが》であることをやめた。瓦解は最早避けられない。ならば自らの手で引導を渡そうと考えた。椿組に属する者を参集させて金銭を与え、その上で北里藩を去るようにと下知をした。王子屋とも半ば以上決別している。この地に留まれば、いずれ手が後ろに回るは必定と明かした。

当然ながら不満の声が上がった。吸い続けてきた甘い汁を忘れられず、仁右衛門と死者たちの非を鳴らし、後釜に座ろうと舌を振るう者も少なからず出た。束の間、場は騒然としたが、こうした手合いの対処に仁右衛門は慣れている。ふたつみっつ刃を閃かせて首を落とすと、果たして咳《しわぶき》ひとつもなくなった。

それでも仁右衛門は、組の全てが告げ通りに動くとは思っていない。むしろ命に従う者は少数であり、多くが北里に残り、これまで通りを続けようとするだろう。そこまでの面倒は見切れぬし、知った義理ではないと達観している。一厘、太郎坊、右近。仁右衛門にとっての椿組とは、ここに自身を含めた四人のことであったからだ。

その後《ご》、彼は書状を認《したた》め、篠田屋へと送った。言わずと知れた左封じ、即《すなわ》ち果たし状である。

椿組の空中分解は、同時に王子屋の力の喪失も意味する。となれば篠田屋は更なる手を推し進めてくるに違いなかった。藩内外の椿組が一網打尽となるさまは想像に難くない。果たし合いの申し入れは、この網の目を広げるための詭計でもある。

死に体の椿組からこのような挑戦があれば、篠田屋一味はまず謀略を疑ってかかる。起死回生、乾坤一擲《けんこんいってき》の策を裏に秘めていると見るはずだ。その注意は仁右衛門ひとりに向けられ、他所《よそ》への目配りは疎かとなることだろう。傘下に示す、最後の情けのつもりだった。

装束仁右衛門とは偽名である。元の名は、とうに忘れた。

若かりし頃、彼は側小姓を務める身だった。これは藩主の傍らに控え、身辺の雑事を職掌とするものである。殿様の側近に取り立てられる者も多く、藩でも大身の子弟が就く役柄だった。かつての仁右衛門は、将来を嘱望《しょくぼう》されていたのだ。

だが周囲の声望が、彼を増長させた。地位が若者特有の万能感を強めたのだ。仁右衛門は諸事傲慢《ごうまん》に振る舞うようになり、やがてひとりの女と出会う。女は藩士の妻だった。夫は重用されて江戸勤めが長く、ほとんど藩に帰らない。亭主との間にもうけた一男が、袴着を三年《みとせ》ほど過ぎて手がかからなくなり、暇と体を持て余す身だった。

ふとした縁で出会ったふたりは、やがて褥《しとね》を重ねる仲となる。一度きりのつもりだったが、仁右衛門は若く、女は美しく妖艶だった。他人のものだと知りつつも逢瀬は続き、ふたりは肉欲に溺れた。この秘密が暴かれるなど、夢にも思いはしなかった。

しかし、ある夜。

密会に用いていた料亭に、ひとりの男が現れた。襖を蹴って躍り込んだこの男は、悲鳴のような声で叫び立てながら闇雲に刀を振り回した。

交合の最中であったから、仁右衛門は丸腰である。死の戦慄が冷たく背筋を灼《や》いたが、ここで思い上がりつつも身に叩き込んでいた武芸が物を言った。薄暗い行灯《あんどん》の光で滅多矢鱈の剣を潜《くぐ》り、枕を投げて怯ませる。そうして床《とこ》の脇に転がしていた脇差を握り、流れるような動きで抜き打った。一刀は男の腹を薙《な》ぎ、しかし即死はさせられなかった。刀を取り落としてもまだ男は仁右衛門に組み付き、その息が絶えるまで、返り血を浴びながら揉み合う羽目になった。

やがて動かなくなった男の体を、仁右衛門は思い切り突き放す。音を立てて骸《むくろ》は転げ、死してなおぎょろりと、その目は虚ろに彼を睨んだ。仁右衛門の荒い息だけが部屋に響く。這うように進む時間の中、次第に呼吸は静まっていき、その頃になってようやく、女が動いた。そろそろと明かりを屍に近づけ、あっと声を上げる。男は、女の亭主であった。

仁右衛門と女の行いは、不倫であり、没義道《もぎどう》である。この頃、確かな証拠があって密通する男女を殺した本夫《ほんぷ》は無罪とされていた。姦夫姦婦を重ねて四つにしようと、どこからも文句は出ないのだ。それを返り討ったとなれば、罪科《つみとが》の所在は明らかだった。仁右衛門の顔が利く料亭ではあったが、ここまでの騒動を不審に思わぬはずもない。いずれ人が様子を見にやって来て、事は発覚するだろう。

今更ながらに手が震えた。死骸の視線が五体に絡む。人を斬ったのは初めてだった。己の将来に暗い影が差し掛かるのを感じつつ、彼は身の処し方を女に問うた。救いを求め、縋るような心地だった。が、返ってきたのは「人殺し！」という金切り声だけだった。

女は仁右衛門が夫を斬ったことをひたすらに詰《なじ》り、己には一切の責がないかの如く、「お前が殺したんだ。お前のせいだ。絶対にこの人の敵《かたき》を討ってやる」と言い立て続けた。まるで自分ばかりが不幸に陥ったような、なんとも浅ましい姿だった。女への恋情はたちまちに冷め、同時に重たい男の死体を、どさりと肩に載せられた気分になった。

仁右衛門に経験があれば、もう少し上手い手段も取れたのだろう。だが当時の彼は二十にも至らぬ若造である。ただただ恐れて、逃げた。女から逃げ、藩から逃げ、責から逃げ、罪から逃げた。しかしどこまで逃げたところで、肉を断つ感触がこびりついて離れなかった。死んだ男の虚ろな瞳が、そこここの暗がりからじっと見つめている気がした。過去からは決して逃れられぬのだと知った。

供養のために仏門に入ろうかとも思ったが、これは避けた。

——絶対に敵を討ってやる。

夢のうちに、繰り返し女の声が蘇ったからだ。彼女には息子がいた。そしてあの女ならば必ず、我が子を討っ手に仕立てるはずだった。都合のいい嘘を吹き込んで、仁右衛門を討ち果たしに寄越すに違いなかった。たやすく誅されるつもりはないが、いざ立ち合いとなった時、あの男の息子を斬れる気がしなかった。となれば到底、ひところには居つけない。

故郷を遠く離れ、仁右衛門は漂泊した。側小姓としての知恵など、裏街道の渡世では役に立たない。瞬く間に彼は零落し、人の命を、その日の糧《かて》としてしか見ないようになった。斬るたび、殺《あや》めるたびに、暗がりから見つめる視線は増えた。せめて行者の形《なり》をし、聞きかじりの経文を唱えてもみたが、当然無駄だった。

だから毎晩、彼は狂ったように剣を振るった。

陰から窺う目玉を斬り、闇から覗く眼球を斬った。幾度も幾度も、幾回も幾回も。繰り返し速く、ひたすらに速く、ただ速く。鬼気迫る形相で、仁右衛門は虚空を斬り続けた。腕が棒のようになり感覚を失い、やがて疲労から倒れるようにしてやっと眠る。そんな日々を送った。

精神をすり減らし続けた仁右衛門は、ある時ついに行き倒れ、そこをひとりの女に拾われた。

女は、商人に身請けされた遊女だった。妾《めかけ》として囲われていたのだが当の男が急逝し、今は気ままな身分となっているのだという。彼女は仁右衛門の怯えを問いも笑いもせず、そのままに受け入れた。女の家で世話になるうち、情を交わす仲となり、仁右衛門はもたらされた慰めに耽溺した。彼女の肌に縋る間だけは、視線を意識せずに済んだ。

しかし心の平穏は、長く続かなかった。

女のもとに、別の男が訪れたのである。男は彼女の情夫《いろ》であり、また極めて粗暴な質《しつ》をしていた。女の裏切りを悟るや激昂し、懐に呑んだ刃で仁右衛門へとつっかける。対する仁右衛門の反応は、ひどく淡白だった。焦りも慌てもせず鯉口を切り、男が間合いを踏み越えるなり横薙《な》ぎにする。

剣光は一閃したのみと見えたが、ほぼ同時に三度、異なる音が鳴り響いた。ひとつ目で小刀が飛び、ふたつ目で腕が飛び、みっつ目で首が飛んでいた。

仁右衛門は振り返り、女の目に、見知った浅ましい色が浮かぶのを見た。彼女にとっても、自分はつまみ食いであったのだ。そう直感し、己の真価とは無価値であると思い知った。藩主の側に仕え、周囲の羨望を浴びたあの日々こそが幻であったのだ。どうしてかその瞬間、ふっと視界が開けた。急に胸が軽くなり、仁右衛門は過去を切り捨てた。

だから女が言葉を紡ぐよりも、彼の刺突の方が速かった。深く胸を貫いた刀を引き抜きながら、所詮こんなものだと思い、あの時もこうすればよかったと思った。

未だに仁右衛門は、殺《あや》めた者の面影を闇に見る。だが、最早恐怖はなかった。それらは日月と同じく、ただ当たり前にそこにあるものに成り果てている……

いつか酒の肴《さかな》に、椿組の朋輩へ昔語りをしたことがあった。

太郎坊は『もし討っ手が現れたなら、儂がひと射ちに片付けてくれよう』と磊落《らいらく》に笑った。からかいが過ぎるのが困りものだが、冗談の好きな明るい男だった。世が世なら一騎当千と称えられるべき武人であった。

右近は嫣然《えんぜん》と同情を示して頷いた。その折は、妙齢の女の姿であったように思う。『人って自分だけは悪くないと思いたがるものね。うん、わかるよ。女の腹の中なら、あたしよく知っているから』

一部、決して共感できない性質を備えてはいたが、彼の芸に関する真摯《しんし》さは敬服を覚えるものだった。右近もまたこちらを気遣い、ある程度の友誼《ゆうぎ》を抱《いだ》いてくれているふうだった。

『終わった話に興味なぞない』

最後に言い放ったのは一厘である。しかし舌の根が乾かぬうちに、

『どういう理由にせよ、俺はあんたがここにいて、まあ良かったと思わなくもない』

そう続け、太郎坊に失笑されて憤っていたものである。彼のことを、仁右衛門は血を分けた息子のように感じていた。一厘もまたその情に浴し、報いる気持ちを見せていた。だが、報恩など必要なかったのだ。仁右衛門は彼から、既に多くを受け取っていた。

だから仁右衛門は悔いている。あの時、一厘の意を汲み力量を信じ、期待して送り出してしまったことを、親の情に流されてしまったことを、心の底から悔いている。

当初は互いに互いを利用するつもりで寄り集まった椿組は、いつしか愛しき知音《ちいん》となり、安らげる止まり木となっていた。損得だけで結んだはずの縁《えにし》が、仁右衛門という無価値な男に、再び価値を与えたのだ。

仁右衛門は靄《もや》に濡れた柄を拭い、束の間そっと目を閉じた。

しかし、それは失われた。醜く歪《いびつ》な彼らは、醜く歪な死を遂げた。仁右衛門は再び孤独に陥り、全てを喪失したように思った。だがそんな彼の胸にひとつだけ、ごろり

と残ったものがある。その黒い塊の名を憎悪といった。

今の彼を突き動かすのは、ただ笛鳴らしへの私怨だった。我が同胞《はらから》への香華《こうげ》として、必ずや彼《か》の者の首を掻き切ってくれよう。そのように仁右衛門は心を定めている。ただの鬱憤晴らしとは承知だったが、従容《しょうよう》と運命を容《い》れるつもりになどなれなかった。笛鳴らしの次は例の娘を。その次は篠田屋の者たちを。命の続く限り仇《あだ》を討ち続けるつもりだった。死者のための復讐を続けていくつもりだった。

愛する家族を失い、それでも弱きを守るべく、報復を胸に独り立つ。

その姿と行いが菖蒲と酷似することに、仁右衛門は気づかずにいる。


「待たせちまったかい？」

瞑目《めいもく》を続ける孤影に、やがて声がかかった。

「戦場を検《あらた》めてきたのだろう？　当然の用心だ。遅参とは思わん」

その前から仁右衛門の耳は、土を踏むひとり分の足音を捉えている。ゆったりとまぶたを開け、敵《かたき》の姿を見据えた。強い視線を受けて笛鳴らしはがりがりと頭を掻き、

「額面通りの正々堂々とは恐れ入るぜ。とんだ御仁だよ。おーっかねェ」

仁右衛門はわずかに笑んだ。よく、調べている。ならば篠田屋の目を晦ますという

目論見は、上手く運んだものらしい。

「無理強いの詫びに少しばかり話したいと思う。構わんか」

「へぇ？」

呟いて、笛鳴らしは足を止めた。対峙するふたりの距離はおよそ一間半《いっけん》（三メートル弱）。命のやり取りに踏み切るにはわずかに遠い。その間合いを保ったことを承諾と解して、仁右衛門は続ける。

「端的に言う。私を斬ればお主らの勝ちだ。私が死ねば椿組は四散する。残るのは有《う》象無象《ぞうむぞう》だ。組織立ってはもう動けん。そして王子屋は落日だ。これに付き従う物好きはいない。例の娘の念願はたやすく遂げられよう。……信じるかどうかは、お主次第だがな」

包み隠さず内情を語った仁右衛門を、方治は訝しく眺めた。

「なるほどなるほど、そいつァめでたい話だ。俺にとっちゃあな。だがそうするとこの果たし合い、お前に旨みがまるでない。俺さえ斬ればお前の勝ちとはいかねぇだろうに、そこはどういう了見だい？」

「無用の心配だ。私の勝ちなどない。私に勝ちなど、もうないのだ。これは単なる意趣返し、ただの仇討ちに過ぎない」

身のうちの烈火を抑え、仁右衛門は静かに刀を握る。笑うか、笛鳴らし」

「悪党には悪党の好《よしみ》があったというわけだ。

「笑わねェし、笑えねェよ」

自嘲して方治は肩をすくめる。彼にしても、篠田屋など腰掛けのつもりだった。菖蒲のこともまた然《しか》り。けれど、いつの間にか。

「――なんとなく、わかるようになっちまったからな」

だらりと垂らした右手が閃く。鞘払いの音を立て、双方が刀を抜き放った。

「手向《たむ》けとなってもらうぞ、犬笛」

「他人をつっかえにしてんじゃあねェよ、村時雨」

名乗る代わりに呼び合った。剣筋は承知との宣告である。

滑るような足運びで、仁右衛門が進み出る。自身を無価値と観《かん》じ、損なうを恐れぬからこその入《い》り身だった。彼の真髄は、この踏み込みを基盤とした息もつかせぬ攻めにある。

拝み打ちに振るった直後、方治の刀が立て続けに数度、軋むように鳴った。鈍く重く手のひらを痺れさせる衝撃に、方治は小さく舌を打つ。初太刀に際し、彼は進むと見せてわずかに退《ひ》き、その分だけ間合いを外していた。この工夫がなければ今の剣は受け切れなかったであろう。

——この男が立木を前に一振りすると、幾回も続けて打ち込みの音が鳴るというよ。過日、志乃からそのように聞き及んでいた。精妙にして速い剣を使うのであろうと読んでもいた。

だが一撃一撃が、想定を遥かに超えて強い。特に握力が凄まじいのだ。握らせれば小石を掌中で砕くのではないかと思われた。どれだけの鍛錬を積めばここまでの剣速に至るのか、まるで想像がつかない。幾千幾万回もの斬撃を振るい続ける日々を経《へ》たのでもなければ、到達しえない技量だった。

仁右衛門の攻め手は、当然一雨では終わらない。受けて体《たい》が崩れた隙を、更に刃を重ねて押し広げていく。城門を遮二無二打つ、破城槌《はじょうつい》の如き剛剣だった。もし方治が用いるのが数打ちのなまくら刀であったなら、既に圧《へ》し折られていたことだろう。

それでも全て受け切るとはいかず、方治の体が血を飛沫《しぶ》く。深い傷はないが、守りを破られつつある証左だった。仁右衛門の剣はまさしく村時雨。ひとしきり強く降ってはやみ、すぐさままた降る斬撃の雨だった。

が、方治も相当の曲者である。

火の出るような攻めの下で、ひたすらに仁右衛門の呼吸を測っていた。その目と脳髄がやがて、三太刀《みたち》までだと当たりをつける。巧みに緩急をつけ誤魔化してはいるが、ひと呼吸に来る強い剣は三つまでに限られて、それ以上はない。仁右衛門の力量をもってしても、そこから先はただの数打ち、人を斬れない振り回しとなるようだった。

ただ攻めて攻めて攻め切るものと見せかけて、村時雨はまず、受けさせることに主眼を置いている。奔流の如き連撃を圧力として浴びれば、人はすくみ、反射的に防ぎに回る。亀のように縮こまったそこを、存分に打って打ち砕く剣だった。防御に心を傾けた時点で、既にして敗れているのだ。

もしこのからくりを見抜いたとしても、仁右衛門が降らす剣の半数は真正の殺人刀《せつにんとう》である。尋常の腕ならば一合とて持つものではない。

「む……！」

しかし、此度は仁右衛門が短く唸る番だった。切り崩しかけていた笛鳴らしが、反攻に出たからだ。

小刻みに鋭い刺突が、拍子を読んで首周りへと繰り出される。あるいは受け、あるいは流すが、そのたびに仁右衛門の攻めに遅滞が生じ、その分だけ方治が盛り返していく。じりじりと互角の状況へ持ち込まれ、仁右衛門は舌を巻いた。村時雨を真っ向から技量で捌いたのは、この男が初めてである。

この感嘆は正しい。実のところ、方治は受け太刀にこそ長じていた。彼の使う剣は、ほとんどが奇策詭計の類《たぐい》である。意表を突き実力差を埋めるための技法であり、巧く凌《しの》いで用いる時を作らねば、そもそも立ち行かない。粘《ねば》り強くしぶとい捌きは、そのために培《つちか》われたものだった。

つまり方治の剣撃は、ただ状況をよくする小技に留まらない。首の左右を狙っての斬り込みは、のちへと繋がる撒《ま》き餌だった。笛鳴らしは今、渾身よりもほんの少しだけ弱い力で剣を繰《く》っている。仁右衛門に、我が剣の感触を覚え込ませているのだ。

犬笛。方治の異名たるこれもまた、騙しの型のひとつだった。自らが振るう刃を故意に防がせ、しかし受けた者の予想を裏切る太刀行きの強さでこれを弾く。守りを噛み破るなり、生じた反作用で剣の行き先を変化させ、本命たる急所を抉《えぐ》る。そのような技である。

剣士であれば、無意識に相手の剣を学ぶ。どの太刀にどれだけの力と速さがあるかを学習し、その上でどう攻め、どう受けるかの千変万化を尽くすのだ。方治が仁右衛門の剣を見抜いたのと同様に、仁右衛門もまた方治の剣を見切っているはずだった。一流と呼ばれる領域の者ならば必ずするこの働きを、逆手に取るのが犬笛の術理だった。

下手をすれば気取られ、あるいは我から見せた弱さを突かれ、そこに乗じられかねない紙一重の剣でもある。ゆえに方治は至極丹念に斬り結び、犬笛だけに拘《こだわ》らなかった。もし仁右衛門に隙が生じれば、すかさず食らいつくつもりでもいる。だが仁右衛門もまた異常の使い手だった。拍子を盗まれながらも、方治に互角以上を許さない。笛鳴らしが某《なにがし》かを狙う気配を察しているのだろう。

親子ほどにも歳の離れたふたりだが、双方の刃の冴えに優劣はない。肉体の衰えを、仁右衛門は老練で十二分に補っている。腹の探り合いめいて剣戟《けんげき》を鳴らし、驚くべき速度の攻防を交わしながら、しかし死闘は膠着《こうちゃく》に陥った。

やがて申し合わせたように、両名は同時に飛び下がる。

どちらも肩を上下させ、荒い呼吸を繰り返す。言葉はない。見交わした瞳が、互いへの惜しみない賞賛を告げていた。

にいっと方治が笑った。青眼に長脇差をぴたりと据える。

応じて、仁右衛門も笑みを浮かべた。大上段へと太刀が上がる。

ふたりの動きがぴたりと止まった。

否。

じりじりと、本当にわずかずつ、両者の間合いは狭まっている。爪先で這うように踏み込んでいるのだ。距離が近づくにつれ、空気が粘性を帯びていく。ふたりを中心に、恐るべき緊張が張り詰めていた。これよりは瞬《まばた》きもならぬ。見誤れば死に至る。

村時雨か。

犬笛か。

稲妻のように勝敗が決しようとした刹那《せつな》、

「待った！　待った待った、待ったっ！」

声の限りの叫びが割って入った。あと一瞬遅ければ、その弾みでふたりは秘剣を振るっていただろう。けれど、辛うじてそうはならなかった。極微《ごくみ》だけ必殺の間合いには遠く、ぶつかり合う代わりに、両者は再び大きく飛び離れる。

「そこまでだ。もうやめろ」

息せき切って告げたのは菖蒲だった。唖然とする男ふたりの視線を受けながら彼女は方治の傍に寄り添って立ち、呼吸を整えてから、もう一度言う。

「そこまでだ。もういい。もう終わったんだ。ふたりが斬り合う理由なんてない」

「おいおいおいおい。首ィ突っ込んできたと思えば、いきなり何言い出すんだ、お前はよ」

知らせていない立ち合いに押しかけられ動揺する方治を、菖蒲は手のひらで制した。

進み出て、仁右衛門と向かい合う。

「椿組、装束仁右衛門殿とお見受けする」

「如何《いか》にも」

方治は一瞬の警戒を示したが、仁右衛門もまた気を殺《そ》がれた様子だった。答えて、耳を傾ける姿勢を見せる。

「王子屋と椿組の悪事は、藩主矢沢義信様のご存じとなった。江戸よりのご帰還に先駆け、既に吟味役が北里の地を踏んでいる。誰も詮議の手を免れまい」

やわらかな少女の声音で、菖蒲は鋭く告げる。凛と伸びたその背《そびら》には、威厳すら漂っていた。

「だが仁右衛門殿は、情誼《じょうぎ》ある束ねと聞き及んでいる。ならば急ぎ戻り、せめて目に叶う翼下を救ってやるといい。見限られたと思って死ぬのは、哀れだからな」

「………………」

仁右衛門は長く沈黙した。心の中で言葉の真偽を天秤にかけているようだったが、やがて苦く口を開いた。

「勝手ながらここは預ける。それで構わぬか、笛鳴らし」

返答の代わりに、方治は追い退《の》ける形で手を払う。仁右衛門は頷き、迷いなく踵《きびす》を巡らせた。馬場の端へと駆け、やがて足音は馬蹄に変ずる。

「……行かせちまって、よかったのかよ?」

「椿組は人数が多すぎる。自棄《やけ》になって暴れられるより、逃げ隠れしてくれた方がいい。捕らえる人手も、捕らえておく牢も足りないからな」

仁右衛門を見送りつつ答え、菖蒲は振り向いて方治を見上げた。

「私たちも戻ろう。戻ったら、全部話す」

そう言って、手を差し出した。

＊＊＊

方治と菖蒲が籠ったのは、例の内所《ないしょ》の一間《ひとま》だった。「誰の言葉でもなく、私がちゃんと説明したい」と菖蒲が望み、志乃も三十日衛門も席を外している。

ふたり向かい合って座り、まず菖蒲がしたのは手をついての平伏だった。

「まず、方治にはお詫びをしないといけない。守ってくれと頼んでおきながら、私は王子屋と椿組の目を引き付ける囮《おとり》だったんだ。つまり、黙って方治を一番危険な場所に連れ込んだことになる。頭を下げて許されることではないと思うけれど、けじめとして言わせて欲しい。本当に、すまなかった」

言い終えてから、菖蒲はすいと体《たい》を戻す。動きにつれて揺れる結い上げ髪を、犬の尾のようだなと方治は思う。

「うっかり『私が死んでも策は成る』なんて漏らしてしまったし、方治は察しがいいから、とうに不審は持っていたんじゃないかと思う」

「まあ、おおよそはな」

実際のところ、予《かね》てより方治は菖蒲とその父の立ち回りを訝しんでいた。喫緊事《きっきんじ》とはいえ、重要極まる書状を小娘ひとりに託して送り出すという時点で不自然なのだ。わざわざ目を引く装いまでさせて、とくれば尚更だ。大声で居場所を触れ回りながら逃げるようなもので、付け狙われる旅路となるのは知れている。事実、菖蒲は椿組に追いつかれ窮地に陥り、また逗留先が篠田屋であることもたちまちに割れていた。けれど娘は居所を変えることも、装束を改めることもしないままにいる。それらの不審から組み立てれば、娘の役割にも見当がつこうというものだ。恐れげのない、挑発めいた振る舞いも、我と我が身に注意を引き付ける囮の仕業と考えれば得心がいく。

ただの目隠しと比して質《たち》が悪いのは、この娘が確かに遅効性の毒を備える点だろう。

対処せねば必ず命取りとなるものだから、王子屋一味にしてみれば、罠と見抜いたとしても食いつかざるをえない。

そうした腹中の憶測を明かすと、菖蒲は「流石《さすが》だな」と何故か誇らしげに笑った。

「ご明察の通り私は、獲物を狙って投じた複数の石のひとつだ。そして先日、別の石から――叔父上から手紙が届いた。義信様のご裁可を報せるものだ。さっき馬場で口上したのがそれだな。……果たし状のことをちゃんと話してくれれば、あんな斬り合い、そもそもしなくてよかったんだぞ？」

畏まった調子から一転、咎める口ぶりで菖蒲は言う。確かに方治が箝口令《かんこうれい》を敷かなければ、生じなかったであろう行き違いである。いい格好をしたつもりがとんだ勇み足で、肩をすくめるより他にない。

「あー……いや、それはさておきよ」

「仕方ないな。なんだ？」

話を逸らす方治に、菖蒲が付き合う。

「お前の言い口からすると、だ。叔父の裏切りってのも、つまり？」

「そうだ。父上の策のうちだ」

一瞬だけ唇を噛み、それでも目を伏せずに娘は言い切った。

「あの頃、王子屋の目は藩内に行き届いていた。江戸に話が届けば大事《おおごと》になるのはわかりきっているからな。皆の動きが見張られていた。だから父は自らの命で緩みを作った。叔父上に密告を頼み、自分自身を最大の敵と錯覚させた上で暗殺される。そうすることで椿組を動かし、監視に穴を開けたんだ。お陰で私の出奔もしばらくは気取られなかったし、叔父上は王子屋の信用を得られた」

過日、菖蒲が紡いだ言葉を思い出す。

――本当にこうするしかなかったのかと叔父上を恨んだ。

彼女はそのように言っていた。あの時は叔父の裏切りを忌《い》んでのものと受け取ったが、真意は別にあったのだ。改めて、菖蒲が担っていた重荷を思う。

「徳次郎に取り入って内偵を進めつつ、機を窺って義信様に書状を届ける。それが叔父上の役割で、こちらが本命《ほんみょう》だな。私は椿組に狙われ続けることで、叔父上の動きを助ける補佐だ。もし私が討たれても問題はない。その場合、叔父上は息を潜める手はずになっていた。義信様ご帰還の直前まで、王子屋一味に安堵と油断をさせておいて、というわけだ。父のことだから、もうひとつふたつは私の知らない手を打っていたかもだけれど、あらましとしてはこんな具合になる」

娘と弟を虐使する酷薄無慙《こくはくむざん》の企《くわだ》てである。そう断じかけ、けれど父への恨みの色などまったくない菖蒲を目にして、方治は首を横に振った。

おそらく、そうまでしなければ抜けられない切所《せっしょ》だったのだ。加えてどちらの役柄も、深い信頼なくば託せない代物である。非情と見えて、余人には窺い知れない絆の形だったのだろう。であるならば、笛鳴らしが口を挟む領分ではない。

「とまあ、そういう理由と覚悟でこんな白装束だったけれど」

そんな方治の心中も知らず、菖蒲は呑気に両手を広げ、とっくりと我が姿を眺めた。

「人目を引きすぎて、正直、ちょっぴり恥ずかしかった」

「ちょっぴりで済む辺りが大物だと俺は思うぜ」

「そうか！」

「いや、褒めてねェぞ？」

「……そうか」

他愛ないやり取りでしゅんとしてみせてから、

「ところで、方治」

「あん？」

「方治はどうして怒らないんだ？　命がけの芝居へ無理に付き合わされたんだ。私はどうされても仕方ないつもりでここにいるぞ？」

不思議そうに、菖蒲は方治の目を覗き込んだ。責められるのを望むわけではなく、悪戯《いたずら》を叱られない子供のように、なんとなく据わりが悪いのだろう。

「角を出す理由もねェからな」

告げた声は、自分でも驚くほど優しかった。

「なんとなく察しがついてたってのもある。だがそもそもよ、うちの御前が噛んでんだ。なら俺なんぞが巡らすよりも深い思案があるに決まってる。その上での隠し事へ噛みつくほど野暮じゃあねェよ」

すると菖蒲は、「そうか」と奇妙に満足げに頷く。

「察しがついていたのに、なのに、守ってくれたのか」

「ま、お役目だからな」

「……方治のそういうところ、私はずるいと思うっ」

むくれる菖蒲を手を振っていなし、

「ついでに言やァよ、これで俺の子守りは無事お終い。お前は大手を振って故郷《くに》に帰れる。どいつもこいつも万々歳、祝着至極の事柄だ。くだらん癇癪《かんしゃく》で慶事に水を差す真似はしねェさ。ああいうお裁きが下ったんだ。お前の親父さんの仕業だって、きっと殿様に認められたんだろう？　なら今は、ただそいつを喜んでやりな」

「そうなんだ！」

父について言葉が及んだ途端、菖蒲が勢いづいて大きな声を出した。

「うん、そうなんだ。叔父上が書き報せてくれた。父上は、百世の亀鑑《きかん》であるとお褒めに与《あずか》ったそうだ。とても光栄なことだ」

余程に父を慕っていたのだろう。菖蒲は全身で跳ねるようにして喜びを表し、「でも」と不意にうつむいた。

「でも、そんな名《めい》よりも、私は父上に生きていて欲しかったな。それで、よくやった、って……」

唐突にぽろぽろと、その目から大粒の涙がこぼれた。自身でも意外の出来事らしく、「あ、あれ？」と菖蒲は動転の声を漏らす。大事を果たした気と心の緩みが、遅れて噴き出たものらしかった。

手練《てれん》手管の泣き顔ならば、方治は見慣れたものである。だが、ただ素朴な涙は、ひどく彼を狼狽させた。

「なあ、おい、菖蒲よぅ。俺は喜べって言ったんだぜ。お前らは成し遂げたんだ。胸ェ張って、だから笑えよ。お前はよく頑張った。そいつは俺が請け合うさ」

泣きやませるつもりで頭を撫でたのだが、少女はくしゃっと顔を歪めて、嗚咽の声をより大きくした。このままぐずられてはお手上げである。もう一方の手で頭を掻いたところで、菖蒲はぐいと腕で目元を拭った。

「……大丈夫。もう、大丈夫だ、みっともないところを見せた」

涙の痕が残るまま、飛び切りの笑みを浮かべてみせる。それは、却《かえ》って喪失の悲哀を浮き彫りにした。この娘は今一度、父の死と向かい合ったのだろう。

「ま、泣き喚けるのも強さのうちさ。逃げて忘れて蓋をしたこの俺が言うんだ、間違いはない」

痛々しさを看過できずに囁いて、方治は体を離すと行儀悪く胡座《あぐら》を崩した。片膝を立てて他所《よそ》を向く。また涙ぐむのを予期しての振る舞いだったが、意外にも菖蒲は膝で歩いて、方治の目先に回り込んだ。

「大丈夫って言っただろう。泣くのなんていつだって、ひとりでだってできる。それよりも方治だ。私は今、聞かなくちゃいけないって思った」

濡れた瞳でじっと見上げて、彼女は笛鳴らしの胸に手のひらを置く。それは、心へ触れようとする仕草に見えた。

「――方治。方治は、まだ痛むのか？」

「痛むも何も、言ったろうがよ。もう忘れちまった、ってな」

わずかに気圧されつつ答えると、菖蒲は口を結んで、深く考えを巡らせるようにする。やがてひとつ頷いて身を乗り出し、ぐっと顔を近づけた。

「最後のお節介だから、終わりまで聞いて欲しい」

「いっ……」

言葉を紡ぎかけた方治の口へ、人差し指を押し当てて黙らせる。いつになく真っ直ぐな菖蒲の面持ちが、笛鳴らしの体を縛った。

「幸不幸は、比較じゃないと思う。自分の感じる大きさが全部で、簡単に重くも軽くもなる。だから傍目には小さな不幸が、人を押し潰したりする。でもこの場合、押し潰された人こそが正しいんだ。だってその人が感じた重みは、本当に耐え切れないものだったんだから」

かつて、この娘は言っていた。三千世界の全てが敵のような気さえしていた、と。自分はどうしようもなくひとりきりなのだと思っていた、と。

そのような重圧を経たからこそ、口にできる言葉だったのだろう。

「受け止めきれないものへ無理にぶつかるのは勇気じゃない。無謀だ。だから逃げてしまっていいんだ。いつかそれと向き合えるまで、忘れてしまっていいんだ。いつまでも傷口をいじっていたら、いつまでも治らない。見ないふりをして、大丈夫になるまで放っておく。それが一番の手当てなことだってある」

菖蒲はもう一方の手を、そっと自分の胸に当てた。思い出と記憶を探るように。

「私だってそうだった。父上のことが辛くて、遺志を継ぐのだけに専念した。必死で動いていれば、心が痛まずに済んだから。おけいの時もそうだ。自分がいなくても策は成るからって、楽な道を選ぼうとした。死んでしまえば、もう私は苦しくないから。でも違う。今は違う。私はふたりを見失わない。大好きなひとたちのことを、もう忘れないって決めている」

菖蒲は愁《うれ》いを帯びた目を伏せる。束の間のその表情は、ひどく大人びて見えた。

「だけどここは、私だけじゃ辿り着けなかった場所だ。方治が手を引いて連れて来てくれたところなんだ。だから私は方治にも胸を張って欲しい。恥じることなんてあるもんか。何もかもをひっくるめた今の方治を、私はとても綺麗だと思う」

伝わっただろうか、と問いたげに、菖蒲は軽く首を傾げる。少しも隠さない好意は、やはり面映いものだった。

「何を糧《かて》に咲くでもいい、か。敵《かな》わねェな。どうにもお前は眩《まぶ》しいよ」

「あれ……？　もしかして褒められてる、のか？」

「褒めもするさ、まーったくよぅ」

ぺちりと己《おの》が額を打って、方治は天井を仰いでため息をつく。子供に頓智《とんち》で言い負かされた気分だった。

「じゃあ私も、少しは方治の助けになれたか？」

「そいつァどうかな」

「そこは嘘でもなったって言うべきだろうっ」

方治が真面目くさって顎を撫でると、向きになった菖蒲がぺしぺしと脇腹を打つ。笑ってあしらってから、彼女と目を合わせた。

「人間ってのはどうにもひねくれてて、人様の幸せにゃ難癖をつけたがる。だがおんなじくらいに強くな、正しいことが報われて欲しいとも願ってる。こいつは俺のわがままだがよ、菖蒲。お前はそのまま咲いててくれ。陽の当たるとこで、綺麗に咲いていてくれよ」

「任せておけ！」

口に出してから、随分と重く、面倒な願いだなと思う。だが、娘は胸を張って引き受けた。あまりの簡単さに、本当に主旨を理解したのかと、方治は呆れ顔になる。

「心配無用だ。方治の頼みではあるけれど、方治のためにするのじゃない。誰も言い訳にしないで、私は私の理由でこれからを歩く。綺麗だと思ってもらえるように頑張る！」

物言いたげな視線を受けて、菖蒲は慌てて言い繕った。どうやら方治の目つきを、かつて呈した苦言に関わるものと受け取ったらしい。

「いや、そういうことじゃあなくてだな……。ああ、まあ、そういうことでいいのか」

誤謬《ごびゅう》を正そうとして、やめた。根に何があろうとも、この花はきっと美しく咲く。いちいち注文をつける必要はあるまい。

「まーったく、敵《かな》わねェなァ」

呟いて、方治はじっと菖蒲を見つめた。不思議と羨望に心が騒がない。この娘が報われたことを、今は手放しに喜べた。

「ところで、方治」

珍しくはにかむようにしてから、菖蒲が切り出す。

「なんだよ？」

「綺麗で眩《まぶ》しい私がいなくなったら、方治は多分、寂しくなるな？」

得意げに顔を覗き込まれたので、「いいや」と首を横に振った。

「お前のことなんざ、すぐさまに忘れちまうさ」

「そうか！」

とうとう負けを認めると、彼女は一際嬉しそうに顔をほころばせた。紅潮した面持ちのまま、胸の前できゅっと両の拳を握る。しばしふわふわと余韻に浸っているふうだったが、そのうちに深く息を吸い込んで、眠るようにやわらかな声音で言った。

「私も、ひとつだけわがままをいいだろうか」

返事を待たずに、菖蒲は小さな手を伸ばす。方治の頬にそっと触れ、もう一度顔を寄せて、囁いた。

「それでも。私を、忘れないでくれ」

吐息のかかる距離で、真っ直ぐな瞳が見つめている。互いの名前も知らないふたりが、虚偽の皮膜を抜けて温度を重ねる。

彼女は淡く笑み――それだけで、やがて離れた。

＊＊＊

小糠雨《こぬかあめ》が降っている。

この日の夕、北里藩の参勤交代の列は、例年とは道筋を違えて相沢の地を通った。

それと歩みを合わせるように、篠田屋からも仰々しい一団が出た。着飾った遊女や牛《ぎゅう》太郎《たろう》たちの中心を歩くのは、凛々しい若衆姿の娘である。行列と一団はやがて行き合い、白装束の娘だけが藩主の後に続く駕籠《かご》へ乗った。

　北里の領地に入ってから、殿様と娘は揃って馬に乗り換えるのだという。馬上の人となりその姿を見せつけて、領民たちにわかりやすく帰還を触れ回る。そうした慰撫《いぶ》の意図だと聞いていた。

　小窓から深く礼をし、菖蒲だった娘は、篠田屋を去った。

　彼女を見送る一団に、方治の姿はない。行列に先駆けて、早くから彼は店を出ている。その折、おこうには物言いたげに見つめられ、志乃には「顔を見せてやるのが人情だろうに」と刺されたが、笛鳴らしはどこ吹く風だ。別れならば既に交わした。これ以上は未練だろう。

　番傘を差し方治が向かった先は、例の南の馬場である。そこから遠く、雨に煙《けぶ》る行列を眺めるうちに、声がかかった。

「此度は、こちらが待たせたか」

「そう待ってもないさ」

　現れたのは装束仁右衛門である。わずかぶりの再会だが、その間《ま》に随分と憔悴したようだった。頬は痩《こ》け、不精髭をたくわえ、行者姿は泥にまみれている。けれど目だけは炯々《けいけい》と、油断ならぬ光を宿していた。

立ち並ぶと彼は方治と同じ方角を眺めやり、

「お主がおらねば、私はあれへ斬り込むつもりだった」

「だろうなァ。そんな気がしてたぜ」

方治と仁右衛門が斬り合う理由などない。そのように、菖蒲だった娘は言った。北里を巡る陰謀が立ち消えれば、篠田屋と椿組の敵対関係も意味をなくして解消されるものと、彼女は信じ込んでいたのだろう。

あの娘は知らぬのだ。人の心には何も生み出さない暗さと深さがあることを、ほんの少しも知らずにいるのだ。だからこの手の理不尽で野放図な悪意への備えがまるでない。

「……まーったく、よぅ。最後まで手間ァかけさせやがって」

ひどく優しく方治は囁き、そうして仁右衛門へと向き直った。

「で、止まるつもりはねェんだな？」

「椿は散り、王子屋は潰《つい》えた。この身ひとつで覆《くつがえ》せる状況ではない。だが」

は、と呆れ果てて短く笑い、方治は仁右衛門の言葉を継いだ。

「元より勝ちを狙わない、ただの意趣返し。そういう話だったたっけなァ」

「然《しか》り。この命は、死者のために使い切ると決めた」

「他人を理由にするなってんだよ、面倒くせェ」

方治が吐き捨てると、仁右衛門は怪訝そうに眉根を寄せた。

「異なことを言う。お主とて、あの娘のために来たのだろうに」

「冗談じゃねェ、断じて違う。俺の理由なんざ、徹頭徹尾、手前のためさ」

声だけは剽《ひょう》げている。

けれど陰鬱な雨の中、その顔は誇らしく晴れやかだった。

「先《せん》だってまではよ、花ってのは弱いばっかりと思ってた。だが、違うらしいや。根っこに何があろうとも、正しく咲こうと足掻きやがる」

ちらりと、方治は街道を窃視した。北里へ向かう列は、既に点としか見えない。

自分はあれを誇らしい遠景と感じる。だが仁右衛門とっては、憎々しく睨《ね》めるものに相違なかった。同じ思いを抱《いだ》き、同じものを眺めながら、人は異なる境地に至る。

その心模様の不思議さが、方治に微苦笑を浮かばせた。

「どう言われようと、俺はそうご立派にゃなれねェ。でもよ、思ったのさ。そういう、綺麗で眩《まぶ》しいものの風除けになれたなら、ちょいと気分がよさそうだ……ってな。可笑《おか》しいかい？」

「笑わぬし、笑えぬよ」

答えを必要としない問いへ律儀に応じ、仁右衛門は傘を捨て抜刀する。

「だがだからこそ。なればこそ。我らは不倶戴天の怨敵となる。笛鳴らしの笛、馳走願おう」

「鬱陶しい長雨は嫌いでね。そろそろ、降りやんでもらうぜ」

方治は開いたままの番傘を仁右衛門へ向け、手のうちでくるくると回した。回しながら上下させ、その陰が双方の目を遮った瞬間、ふわりと投じる。数条の剣閃が走り、傘は中空で微塵となった。開けた視界に、仁右衛門は長脇差をひたりと据えた方治を捉える。ふたつの影が交錯し、瞬息の剣が行き交う。

初手は、仁右衛門が勝《まさ》った。降り注ぐ銀の時雨を、悲鳴のような刃音で長脇差が凌《しの》ぎ切る。受け流しての足技で構えを乱し、二手目は方治が先んじた。八双の形から腕を回し下段、腿を狙う一刀を送る。仁右衛門は体を開いてこれを外すが、その一拍を突いて方治が刀を跳ね上げた。首元へ迫る刃の煌きを、村時雨の太刀がしっかと受ける。刹那《せつな》、鍔迫《つばぜ》り合いの形が生じたが、どちらも嫌って飛び離れた。

仁右衛門の剣が高く上がり、上段の形を取る。奇妙に静かなそのさまは、大波を寄越す前の海を思わせた。

方治は、低く膝をたわめて青眼。執拗に急所のみを付け狙うありさまは、虎狼の性根を連想させる。

双方の構えは、そのままあの日の写しのようだった。唯一にして絶対の差異を述べるなら、それは既にして互いが互いの間合いの内という、ただ一点のみである。

どちらも、凝固したまま動かない。呼吸も鼓動も忘れ、石と成り果てたかに見えた。しとしとと、雨がふたりへ染みていく。

雨滴の重みに耐えかねたように、方治の刃先がわずかに沈む。

それが、きっかけだった。

村時雨の剣が瀑布《ばくふ》の如く落ちんとしたが、それよりも動き出しを作った方治が速い。横薙《な》ぎが喉笛を襲うのを感知して仁右衛門は切り替え、その軌道に我が刃を差し入れた。方治の剣質は文字通り体で覚えている。鋭いが、軽い。剣撃の経路へ刀を置けば、それだけで防ぎ止められる。だから迫りくるこの太刀へも、仁右衛門はこれまでと同じ対応をした。してしまった。

即《すなわ》ち、犬笛の術中に落ちたのである。

全霊の剣は仁右衛門の学習をわずかに、しかし確かに上回り、受け太刀を大きく打ち払う。そうして存分に力を残したまま、そこから更に跳ねた。

ちょうど川面を切る石のように。跳ねて、真一文字の斬撃が突きへと変わる。切っ先が仁右衛門の喉頸《のどくび》を抉《えぐ》り、続く刀身が肉を斬り開いてゆく。生じた割れ柘榴《ざくろ》の如き傷から、ひゅーっと高く笛めいた息の音《ね》が漏れた。

一瞬遅れて、雨の色が紅《くれない》に変わる。

仁右衛門の体が、やがて膝から崩れて落ちた。

犬笛方治

北里藩の西のはずれに、一宇《いちう》の寺がある。

さして大きくも立派でもない寺院だが、ここの坊主どもは皆、いたく金回りがいい。

僧坊を宿所として開放し、泊まる者から多額の喜捨をせしめていたからである。無論、ただの旅人が大枚を支払ってまで破《や》れ寺へ泊まるはずもない。ここへ宿を求めるのは、表街道を歩けぬ偸盗《ちゅうとう》の類《たぐい》だった。

民衆の信心を集める寺社が、独特の権威を備えるのはいつの世も変わりない。司直の手が伸びにくいのをいいことに、金次第で誰でも泊め、誰でも匿《かくま》う。一種の盗人宿として機能する寺であった。

その一室に、ふたつの影がある。

一方の正体は王子屋徳次郎。かつて北里藩を牛耳らんとした豪商であり、今は一転、追われる身にまで落ちぶれた大罪人である。だがもし彼を知る者がここに居合わせたなら、我が目を疑ったことだろう。徳次郎は恐ろしく痩せ細っていた。精気と驕慢にあふれていた往時の威容は見るべくもない。追っ手を逃れ、隠れ潜み続けた弊害か、目は落ち窪み隈《くま》は色濃く、脂っ気はすっかり抜け落ちて、まるで枯れ木だった。ただ骨髄を巡る恨みだけがぎらぎらと、その手足に満ち満ちている。

「全ては奴らの仕業だ。あの娘と、あの男のせいだ」

爪で畳を掻き毟《むし》りながら、怨霊のように彼は呻く。

「わしは彼奴《きゃつ》らの首が欲しい。欲しゅうてならん。だから三つ首、貴様、わしに雇われろ。金ならある。いくら欲しい。好きなだけくれてやる」

懐から取り出した黄金《こがね》を、音を立てて撒《ま》いた。

凋落《ちょうらく》しきった彼は、その原因となった篠田屋一味を、とりわけ例の娘を強く憎んだ。憎み抜いた。叶うことならばその肉をひと口ずつ食いちぎり、じわりじわりと死に至らしめてやりたいとすら願った。だがこうした折に役立つはずの椿組は既になく、身代も取り潰されている。けれど未だ手元には、多額の隠し金があった。これこそが徳次郎に残された、唯一にして最大の武器だった。

「まずはあの娘だ。次に篠田屋の笛鳴らしだ。首を、首を取れ。わしの前に首を持ってこい」

筋張った手を震わせ、口角泡を飛ばして彼は叫ぶ。

「金など要らん」

もうひとつの影が、そこで初めて口を開いた。

巨《おお》きな男だった。体躯に次いで目を引くのは両肩だ。我《われ》から破り捨てたのか、羽織の袖は左右ともにない。そこから覗く双肩が、岩の如くごつりと隆起している。まるで首の両脇に二つ、余分な頭を生やすかのようだった。異様な肩首から続く上腕は恐ろしく太く、また長い。立ち上がって両腕を広げれば、それだけでこの一間《ひとま》がいっぱいになる。そのような錯覚すら抱《いだ》かせるほどだ。

この男こそ菱沼丹佐。仁右衛門に強く警戒された凶毒である。憎しみに凝り固まった王子屋は、ついに村時雨の戒めを破ったのだ。

東和流を瞬《まばた》きの間《ま》に打ち倒した一厘の絶技を、徳次郎は目の当たりにしている。なればこそ、その一厘を上回るという丹佐の名は大きさを弥《いや》増した。椿組と決裂し、東和流がものの役に立たぬと知った王子屋が、次なる武力として彼を目したのは至極自然の成り行きと言えよう。

が――

「お前の御託に興味はない」

地を這うかの如く低く、丹佐が囁いた。怖いものが滲む声だった。同時に、濃密な殺気が放射される。炎のように。毒のように。圧倒的な死の気配が徳次郎の五体に絡みつく。

「だが椿組は俺の獲物だった。肥え太らせてから、食らってやるつもりだった」

丹佐にとって王子屋とは、居ても居なくても大差ない金づるだった。椿組を離れた後も金子《きんす》が届けられてはいたが、それで恩を施し、首輪をつけたつもりでいるなら、愚かと呼ぶ以外にないと思っている。そんな男の呼び出しにわざわざ応じたのは、椿組の件があったからだ。

言葉の通り、丹佐は椿組を鏖殺《おうさつ》するつもりであった。

一厘を殺さず、鼻を削いで生かしたのは、彼流のしるしである。著《いちじる》しく目立つ傷を負わせ、恐れと恨みを植えつけた上で敢《あ》えて放つ。精神的陵辱を受けた者がそののち足掻き続けるさまは、彼をなんともいい気分にしてくれた。気ままに死を振りまくようでいて、この種の熟成は丹佐の好むところだった。

「俺のものを横から攫《さら》った野良犬には、きつい仕置きをくれてやらねばなるまい」

つまり丹佐のしるしとは、楽しみを引き延ばすための処置であり、己が施した振舞いをひと目で思い出すための工夫である。獣が樹木に爪痕を刻み、縄張りを主張する行為に近い。なればこそ、己の領分を侵された怒りは苛烈だった。

「笛鳴らしとやらについて、詳しく囀《さえず》ってもらおうか」

ぐう、と長い腕が伸びて、反射的に腰を浮かせた徳次郎を押しとどめる。灯火の陰影で、盛り上がった両の肩が不気味に蠢《うごめ》くかに見えた。さながらそれは、ひとつの体に三つの頭を備える怪物だった。

事ここに至ってようやく、徳次郎は恐ろしい間違えを犯したのだと悟る。その顔が恐怖に引き攣れていくのを、喜悦の笑みで丹佐は眺めた。

翌朝。

徳次郎の残骸を、寺の小僧が見つけた。庭の柏の枝に胴体だけが引っかかり、その下にもがれた手指と四肢、くり抜かれた目玉と引き抜かれた舌とが転がっていた。童に解体された哀れな虫を連想させる、徹底的な破壊だった。

その場に見当たらなかった首は、山門の前に打ち捨てられていた。戯《たわむ》れに蹴転がして歩き、飽きて放り捨てたとしか思えない仕打ちである。恐ろしい責め苦の果てに息絶えたのだろう。死相に浮かぶのは凄まじい苦悶で、寺の者は、長く悪夢にそれを見た。

＊＊＊

ぼんやりと、高く澄み渡った空を見ている。

菖蒲だった娘が失せて半月。篠田屋はすっかり常の顔を取り戻していた。馴染み親しんだとはいえ、彼女もまた過客《かかく》である。遊郭に暮らす者たちが、いつまでも別れを引きずることはない。

けれど方治はひとり、回帰した日々に馴染めずにいた。ふとした隙間に、聞こえてきそうな気がするのだ。ぱたぱたと軽い足音が。「方治、方治」と呼ばわる声が。

上辺は気安い付き合いをしてみせながら、通り一遍より深く交わらないのが笛鳴らしの流儀だ。築き上げたその壁は、聡い大人であれば察して触れないものである。しかし菖蒲は無遠慮に、不躾にこれを踏み越えた。そうして方治の心にひどく大きな波を立て、色濃い影を落としていった。

つまりは、喪失感と認めるよりないのだろう。

菖蒲の言葉を拝借するなら、方治にとってあの娘はちょうどよかった。ぴたりと、歪みの形に当てはまっていた。だからそれを欠いた今、これまで通りの日々はふと見知らぬものめいて目に映る。不意に呼吸を難しくさせる。

風邪を引いたのだと思った。たかが上掛け一枚分と、失くしたぬくもりを侮った。それで、夜の寒さに負けたのだ。いずれはきっと癒えるだろう。だが、もうしばらくは熱が続く。

「……手前勝手なもんだなァ」

こちらとて無理難題を押し付けたのだ。格好だけでも歩き出さねば面目がない。そう意識はするのだが、どうにも動けなかった。

忘れろと言い、忘れるなと言う。

刻まれた爪痕を、残された傷痕を、方治は咀嚼《そしゃく》できないままにいる。

『もう祭りは終いだよ。いつまで空気に酔ってるんだい』

感傷めいて辛気臭い腑抜け面《づら》が、余程気に障ったのだろう。煙管《きせる》の煙《けむ》を吹きつけ、志乃はそのように方治を叱り飛ばした。世慣れた遣手《やりて》は、割り切りにもまた慣れている。彼女からすれば昨今の方治のありさまは、水揚げ直後の遊女の如く見えたに違いない。だが、そんな小言をしながら、多忙なはずの志乃はそれからも足繁く方治の様子を窺いに現れた。

ひとつ息を吐き、苦笑気味に顎を撫でる。志乃ばかりではない。三十日衛門やおこうをはじめとした周囲の気遣いを、無論、方治は知覚していた。

――まったく、おかしな店《たな》だ。

訪れた当初と同じ感慨を方治は抱《いだ》く。

遊女たちの境遇を指して苦界《くがい》という。文字通り、苦しみの多い世という意味合いだ。苦しければ苦しいだけ、自分のことで手一杯になるのが人である。周りへの気遣い心遣いなどは失せ、我が身の楽ばかりを欲して貪婪《どんらん》になる。そのはずであり、それで当然のはずだ。

けれどここの者たちは違う。善男善女ばかりとは言わない。好悪のみならず、恨み辛みも妬《ねた》み嫉《そね》みも無論ある。だが究極的なところに必ず、らしからぬ優しさが見えた。それは余裕があるからではなく、ないからこそ伸べ合う相互扶助の手だった。かつて菖蒲が「みんな強いんだ。強くて、優しいんだ」と評した所以《ゆえん》でもある。

おけいのようにここで生まれた例外を除き、店で働く人間は男女を問わず、全て三十日衛門が集めてきていた。これは彼の眼力があればこそ築けた、奇妙極まる人の輪なのだ。

だが奇妙というなら、それは方治の上にもあった。以前であれば、こういった扱いを余計な世話と感じていたはずである。しかし彼の心は、微笑混じりの感謝を自然と抱いていた。いつしか結ばれた縁《えにし》たちが、移り香のように自分の形を変えていく。

変容の契機は菖蒲だが、きっかけを容《い》れられたのはここでの年月《としつき》があればこそだったろう。篠田屋は仮の止まり木ではなく、今や確かな生き場として、方治の中に根付いている。

物思いに耽る背後で、からりと唐紙の音がした。

「まーたお小言かい？」

てっきり志乃と決め込んで窓外《そうがい》から振り向き、方治は刹那《せつな》、声を失くす。そこに居たのはおこうだった。よく見知ったはずの女だった。だが彼女は別人めいて、まるで幽鬼のようにやつれきっていた。しゃんと端正な平素の着こなしは崩れ、髪も手ひどく乱れたままだ。両目は泣き腫らして赤く、歩む足取りは赤子の如く覚束ない。

危ういと見て方治が駆け寄るのと、おこうが膝から崩れるのは同時だった。倒れかかる体を抱きとめると、女は全身で笛鳴らしに縋りつく。

「お願い。お願いです、せんせ。今晩はわたしに買われてください」

怯え切った瞳で、そう必死の懇願をした。

日が暮れて部屋を訪うと、おこうは用意された膳の前に端座していた。時を置いたお陰か、外見《そとみ》にはいつもの佇まいを取り戻している。方治の姿を認めると彼女は小さく目礼をし、しかし口は開かぬままにまた顔を伏せた。膳が向かい合わせではなく、横に並べて配されているのは、おそらく遣手《やりて》の心配りであろう。

唐紙を閉めると、方治も黙って隣に胡坐《あぐら》をかいた。

おこうに買われるのは、これが初めてのことだ。決して他人に踏み越えさせない心の線を、彼女は長らく堅守してきた。そして良くも悪くも、おこうは枠組みに合わせて生きる種類の人間である。気分に任せた行動や横紙破りはまずしない。そのように自分を律し、弁えているはずの女が、急に順序を乱してまで方治を買い求めたのだ。恐れ戦《おのの》く先の姿を見ていなくとも、仔細があると悟って当然の状況だった。

おこうの右目の上には、醜い火傷《やけど》のひきつれがある。それを隠して、彼女は御簾《みす》のように長く前髪を垂らしていた。口ほどに物を言うはずの瞳も詳《つまび》らかには覗けない。だが痛いほど張り詰めて怯える心は、所作の端々から見て取れた。

少し思案し、方治は銚子を取って、盃《はい》を促す。このまま彼女の言葉を待っても埒は明くまい。ならば弱音を吐きやすくしてやろうという判断だった。

おこうが困惑したように方治を見る。幾度か躊躇《ためら》ったのち、酒を受け、干した。空《から》になった杯《さかずき》に笛鳴らしが注ぎ、女が受ける。無言のやり取りを繰り返すうち、彼女の中の氷塊がゆっくりと解けていく。

やがておこうは、わっと声を上げて方治の胸に顔を埋《うず》めた。

「あいつが来たんです。あいつが、あいつが……！」

「おいおいおこうよぅ、あいつじゃわからんぜ。俺がついてるだろう。怖がってばかりいないで、一からゆっくり話してくんな」

子供のように泣きじゃくる体をそっと揺すってやると、乱れ髪の向こうから濡れた瞳がじっと見つめる。

方治にきつくしがみついたまま、彼女は昔語りを始めた。

「わたしは、ちょっとしたお店《たな》の娘でした」

広く屋号を知られるほどではないけれど、父と母とおこうと弟と、親子四人で暮らすのに不自由はない。そんな、絵に描いたように幸福な家の娘であったそうである。その頃のおこうは無邪気に信じ切っていた。世間もまた我が家と同じく、優しさといたわりに満ちたものであるのだと。

しかし小娘の盲信を嘲るかの如く、ある夜、悲劇は起こった。

「わたしたちは四人で、同じ一間《ひとま》に眠っていました。父が大きな声を出したので、なんだろうと目を覚ましたのです」

おこうが目にしたのは、どっかりと座り込む男だった。

大きい。それ以外の印象が浮かばなかった。巨大な自然石が備える質量と重厚さを、無理やりに人の形に押し込めたような存在感だった。羽織の袖は付け根から破れ、両の肩口には鞠《まり》のように不気味な瘤《こぶ》が盛り上がっている。腕は古木の幹めいてごつごつと節くれ立ち、そして毒蛇の胴の如く長かった。

あまりに異物めいていて、おこうはまだ自分が夢の中にいるのだと信じたほどだ。

「埋めてあった炭団《たどん》で、あいつはゆうゆうと暖を取っていました」

男の傍らには、血に塗《まみ》れた刀が転がっていた。あまりの光景に気を呑まれ、おこうは悲鳴を上げることすら思いつかなかった。けれど、まだ小さな彼女の弟は違った。驚愕はすぐさま怯えに転じ、幼子は己の感情のまま、声を上げてぐずり出す。それが、運命を決めた。

「あっという間でした。あいつの腕が伸びてきて、弟を捕まえて、引きずり寄せて。『五月蝿《うるさ》い』と笑いながら、小枝のようにあの子の腕を折りました」

弟は当然ながら、火がついたように泣き喚く。

「そうしたら、『どこまでやれば静かになるか』って呟いて。あの子の手を、足を、あいつは順々に折り曲げていったんです」

おこうの父が必死で組み付いたが、まるで無駄だった。無造作な腕のひと振りで蠅のように追われ、即座に死なぬよう急所を外して、刀で畳に縫い止められた。おこうと母は抱き合って、ひたすら固く目を瞑った。そうすればこの現実そのものが、消えてなくなるとでもいうふうに。

無論、願いは成就しない。

「弟の次は父でした。命請いをさせられながら、少しずつ、少しずつ刻まれて、小さくされていきました。その次は母でした。手足を落とされて、それからわたしの前で犯されました。そのうちにけらけらと笑い出したので、先に心が壊れたのだと思います」

それほどの騒ぎであったのに、どこからも助けは来なかった。店の者たちが皆、既に殺害されていたとは、後に知ったことである。

「最後に、あいつはわたしに手を伸ばしました。でもそれを途中で引っ込めて、こう言ったんです。『お前はまたにしよう』って」

おこうの瞳は、もうどこも見ていなかった。深淵に落ちたかのように、ただ暗い。

そのまま、淡々と続けた。

「火箸で真っ赤な炭をつまんで、『しるしだ』と言って、わたしの、わたしの顔に……」

　声すら震わせず、しかしぼろぼろと涙をこぼすおこうの体を抱え直し、方治はその背を撫でた。それから彼女がどのような荒波に翻弄されたかは、今の境遇を鑑《かんが》みればよくわかる。

「じゃあつまりよ、おこう。そいつが来たんだな？」

　嗚咽がやむまであやしたててから、ざくりと切り込む。おこうは束の間呼吸を止め、それから強く、繰り返し頷いた。

「わたし、わたし悔しい、悔しいです……！　あいつ、わたしのことを覚えてました。この火傷《やけど》を見て思い出したんだって言いました。わたしを見つけて、それでわざわざ買ったんです。今のわたしを眺めて、自分が何をどう壊したのか反芻《はんすう》したいから。そうやって、悦《えつ》に入《い》りたいから！」

　苦界《くがい》の女たちは、大なり小なり辛い昔を秘めている。だがこいつは飛び切りだ。方治は妬《ねた》みの虫が動くのを感じ、やはり自分はこうなのだと、我が心根を醜く思う。

　だが、それだけではなかった。羨望よりもなお強く、胸に蠢《うごめ》いたものがある。その激情の名を怒りという。

「あいつを見つけたら、今度会ったなら、絶対、絶対に殺してやろうって思ってたのに。そう思ってたはずなのに。でも、何もできなかった。あの時とおんなじでした。

怖くて怖くて体がすくんで、なんにもできなかった！　挙句言わされたんです。あの時殺さないでくださってありがとうございますって。あなたが助けてくださったお陰で今は幸せですって！　あいつ、わたしの口上を満足そうに聞いて、『また来る』って。また、私を嬲《なぶ》りに来るって……！」

嘆きは、既に悲鳴と大差なかった。ぎゅうと襟をきつく握り締めた女の拳を、方治の手が上から包《くる》む。

もう一方の手で盃を取り、酒を口中に含んだ。おこうの顎先に指を添えて上向かせ、口を吸う。そのまま、ゆるゆると酒を移した。女の喉が、こくんと鳴る。

「大丈夫。大丈夫だ」

囁いて、今一度口移しをした。

「怖いことなんざ、すぐに消えてなくなるさ」

信じたのか。あるいはただの気休めと受け取ったのか。おこうは白く細い腕《かいな》を、そっと方治に巻きつける。

深いくちづけを交わすうち、女の体は甘やかに溶けた。

しばらく寝息を確かめてから、方治はおこうの局《つぼね》を忍び出た。明かり取りから差す月影が、青白く方治に張りついている。買われたからには朝まで付き合うのが流儀だったが、心身ともに疲れ果てた彼女は、深く寝入ったようだった。おそらく、夜明けまで目を覚ますまい。

「……まーったく、勘働きのいいこった」

静かに唐紙を閉じ、誰にも聞こえない声で方治は呟く。

話の符合具合からして、おこうに無残を働いたのは菱沼丹佐に違いなかった。過日菖蒲が話に出した凶賊である。杞憂《きゆう》と半ば聞き流した懸念は、正鵠《せいこく》を射ていたのだ。菖蒲の得意顔がありありと浮かんで、笛鳴らしは苦笑する。もし彼女が目の前にいたならば、また爪弾きをくれていたところだ。

――もしもの時は頼んだぞ、方治。

それと同時に、蘇った言葉がある。言われるまでもねェよと、胸の奥でひとりごちた。

腕っ節の強さ弱さは、元来善悪と関わりがない。けれど王子屋のように、椿組のように、そして菱沼丹佐のように。力を恃《たの》んで荒れ狂う、奪い去るだけの悪意の風は確かにある。凶嵐は抗《あらが》う力のない者を、まるでそれが悪徳であるかの如く吹き散らすのだ。

未だ羨望は燻《くすぶ》るけれど、方治は風除けにならんとすることを決めている。そうした不幸のありさまへ、妬《ねた》みより強く憤りを覚える心を得たからだ。悪風の標的が身内となれば尚更だった。

感情のうねりのままに長脇差をひと撫でし、ここに端を発するものである。蠢動《しゅんどう》する怒りは、冷たい静けさを纏《まと》って、方治は行く。

「こんな時分に、どこへ出ようっていうんだい？」

だが内所《ないしょ》の脇を抜けようとしたところで、冷然とした遣手《やりて》の声に呼び止められた。

「ちょいと、夜歩きさ。敵娼《あいかた》が早々にへばっちまったもんでな」

面倒なのに見つかったなと首をすくめ、答えつつ方治は歩を速める。そのまま行き過ぎようとしたのだが、

「菱沼丹佐」

囁かれた名が、笛鳴らしの足を止めた。

「……誰だい、そいつァよ」

「昨日のおこうの客さ。行状のほどは、もう直《じか》に聞いたろう？」

物憂《ものう》い仕草で立つと、火のついた煙管《きせる》を片手に志乃はゆらりと歩み寄る。方治が不機嫌に眉根を寄せたのを認め、「安心おし。盗み聞きの趣味はないよ」と付け加えた。

「あいつは上方《かみがた》を荒らし回った賊徒でもあってね。人呼んで三つ首丹佐。愛宕《あたご》の天狗

に剣の奥妙を授かったってな触れ込みで、なんであろうと踏み躙《にじ》って潰す、剣呑極まる猪さ」


「舌を回すのは結構だがよ、俺にゃまるで関わりない話に聞こえるぜ？」

志乃は小馬鹿にするように、口の端《は》をほんの少し吊り上げる。

「お惚《とぼ》けじゃないよ。狩るつもりなんだろう、化け猪《じし》」

何もかも見透かした視線に、諦めて方治は頭《かぶり》を振った。

「俺が勝手にすることさ」

それで話を切り上げようとした行く手を、志乃が吐いた煙が遮る。「意固地だね」

と遣手は鼻を鳴らした。

「あんたひとりが意気込んだところで、塒《ねぐら》のひとつも突き止められやしないだろうに。

こっちを頼って座っておいでよ、役立たずの先生はさ」

「……手ェ貸してくれるってのかい？」

「逆さ。あたしらがあんたの手を借りたいんだよ。こう言えばわかるかい？」

言葉を切ると爪先立って、方治の耳元に口を寄せる。

「御前が笛を所望だよ」

婀娜《あだ》にかすれたその声で、符丁を告げた。

「そういうことかい」

「そういうことさ」

得心顔の方治へ、体を離して志乃は頷く。

「あれは王子椿の亡霊だよ。以前話したろう？　椿組の頭領格は喧嘩別れで五人から四人に減った、ってね。あの四人を向こうに回して、生きて別れたのが菱沼さ。それを徳次郎が、わざわざこっちへ呼び寄せたんだよ」

「おいおい王子屋ってな、こないだの黒幕だろう。まーだ捕まえてなかったのかよ」

直接に争ったのは椿組とであるが、彼らを手先としたのが王子屋徳次郎であるとは聞き知っている。そのような大魚を逃していることに、方治は呆れた口調になった。

「泳がせてたんだよ、馬鹿。あいつの金にまだ群がろうって阿呆を網で打ち尽くす予定でね。だけどもそれは御破算さ。王子屋の奴、あっさり丹佐に殺《や》られちまったからねえ」

「……なるほどねェ、とんだ猪だ」

眉を寄せて方治は唸る。丹佐という男の思考が、少しもわからなかった。まるで生《き》の感情のまま、心の赴くがままに振る舞っているとしか見えない。大人の知恵と力を備えた子供か、人の皮を被った獣とでも評すべきであろう。

だがそのように自由に、誰にも気兼ねせず自分のためだけに生きられるのは、一種の幸福かもしれないと方治は思う。

「おまけに獣《けだもの》らしく勘働きもよくてねえ。探らせてたのが、もうふたりほど斬られてる。お陰でしばらく見失っていたのだけれど、まさかいきなりうちへ現れるとは思わなかったよ。おこうに縁があったのも含めて、とんだ驚きさ」

この遣手《やりて》が、自分の仕事の愚痴をこぼすのは珍しい。余程にやりにくい相手であるのだろう。だがそう同情しかけた途端、志乃は胸元から紙片を取り出して広げてみせた。薄い行灯《あんどん》の光で眺めればそれは付近の絵図面で、いくつかの通りに朱筆が走らされている。

「丹佐が行き帰りに使った道程《みちのり》だよ。昨日も今日もひとり歩きで、今は悪さをする連れもない様子さ。巣穴までは突き止められてないけれど、ま、これくらいはね」

猪《しし》狩りの待ち伏せに使え、というわけである。意を汲むと、方治はもう一度首をすくめた。

「いやはや、おーっかねェ女だよ」

「あたしをまだ女と呼ぶのは、あんたぐらいのもんさね」

喉の奥だけでくつくつと忍び笑いをしてから、「助かったよ」と志乃は続けた。

「昨日も今日も、と言ったろう？　実はあの猪、今夜も押しかけて来てねえ。おこうはもう客を取ったと断ったら大層なお怒りだったよ。質《たち》が悪いのは、その憤激が素振りだってところだね。おこうとうちの嫌がる顔を楽しんでるのさ。あれは、明日もきっと来るだろうねえ」

つまるところ志乃は、今日は抑えて明日万全を期せと言っているのだ。確かに頭に血が上《のぼ》っていたと自省する。ひとつ息を吐いてから、「ありがとうよ」と方治は頭を下げた。志乃が意外そうに、ごくわずかに眉を動かす。

「やけにご丁寧じゃないか。そんなに、おこうのためになりたかったのかい？」

「いいや」

言下に否定し、それから方治ははにかむように少し笑った。

「理由なんざ、徹頭徹尾、手前のためだけさ」

眠たげな半眼で煙管《きせる》を吸い、志乃はゆっくり煙《けむ》を吐く。それからついと身を寄せて、方治の尻を思い切り抓《つね》った。

「……おい」

「明晩は、出る前に声をかけるんだよ」

素知らぬ顔で遣手《やりて》は言って、すたすたと内所《ないしょ》に戻っていく。

「そりゃもちろんだ。片付けは頼みてェからなあ」

片付けの対象は、当然ながら骸《むくろ》である。それが丹佐のものでなく自分の死骸の場合もまた、方治の念頭にはあった。聞き及ぶだけでも猪は相当な荒くれだ。返り討ちにされる率は低くない。

「そうじゃあないよ、馬鹿」

だがその返答は、志乃の意図するところではなかったらしい。吐き捨てるや、しかし珍しくその後を言い淀み、彼女は表情を隠すようにまた煙を吐いた。

「……腐れ縁ではあるからね。切り火くらいは、切ってやろうって話さ」

告げて、平素は真一文字に結んだままの唇を、わかる程度に緩ませる。これがこの女の精一杯の笑顔だとは、方治だけが知ることだった。

＊＊＊

大悪党の子として産声を上げたわけではない。だが菱沼丹佐は、生まれついての凶賊であった。他者が幸福を喫するさまを見れば、憎くて憎くて堪らなくなる性根の持ち主だった。

羨《うらや》み奪って己が物にと目論むならば、それは欲だ。まだ人の理解の範疇《はんちゅう》である。しかしこの男の羨望は違う。気に入らないから打ち壊す。ただそれだけに終始している。

温かに笑い合う家族が憎いと皆殺しにしたことがある。美味そうに飴細工を舐める子供が憎いと腹を裂いたことがある。赤子の疳《かん》の虫が騒ぐように、丹佐の羨望は折に触れ激発した。暴虐の程度が増したのは長じてよりであるが、幼い時分からひたすらに、丹佐はそのような人間だった。

異様な体躯と膂力《りょりょく》を併せ持つ息子が、外道としか思えぬ理由で喚き、暴れるのだ。これを父母が愛そうはずもない。丹佐の成長につれ、母は実家へ足繁く戻るようになり、父は妾《めかけ》のもとから帰らなくなった。

両名ともが、そこでそれぞれの幸せを育むように見えたので——

ある日、丹佐の羨望が爆《は》ぜた。

抜き身をぶら下げて妾宅へ押しかけ、有無を言わさず父と女の首を取った。持ち帰ったそれを母の眼前にごろりと転がし、「喜べ」と詰め寄った。

「お前を捨てた男の首だ。お前から夫を奪った女の首だ。何故喜ばぬ」

丹佐は泣き伏せる母の頭を掴んで「喜べ、喜べ」と繰り返し地べたに打ちつけ、やがて産みの親が動かなくなると、そのまま藩を逐電した。辻斬り、押し込み、火付けに攫《さら》い。好き放題に悪逆を尽くし、幸福の形を見れば悉《ことごと》く打ち壊して歩いた。

そのうちに巡り合ったのが、のちに椿組となる面々である。

初めて己に近い力量に遭遇した丹佐は、彼らに興味を抱いた。自らと同様に人から外れた者たちが、どのような心を備え、何を求めて生きるのか。それを眺めてみようという気を起こした。

が、結果は時間の無駄に終わった。

技量が服を着ただけの僧形に、芸を支えにせねば歩けもしない女形《おやま》。親へただ寄りかかる子供と、喪失を恐れて滅私奉公する行者姿の桶屋。

丹佐が見た椿組とはそれである。異形であるはずの彼らは、同じ異形を見つけて安堵したように寄り添っていた。無頼を気取りつつも、群れねば立てぬ弱い人間ばかりだった。惰弱なことに全員が、故《ゆえ》あって歪んでいる。

——飽きた。

そう思った。撫で斬りの思案もしたが、やめた。王子屋と結んだばかりの椿組の危うさを、丹佐は見抜いていた。組織としての体裁《ていさい》が、より整うのを待ってから切り崩した方が面白かろう。そのように結論し、よく吠えかかる小僧の鼻を削いでしるしとすると、彼は北里を離れ上方《かみがた》へ向かった。水が変われば人も変わるかと思ったのだが、どの土地も大差はなかった。

独り悪逆を続けるうち、丹佐を頭《かしら》と仰ぎ、付き従う者たちの群れが出来上がった。彼らは京の夜に跋扈《ばっこ》し、悪名を馳せた。

菱沼丹佐は刎《は》ね首丹佐。天狗の剣と呼ばわれ、恐れられたのはその頃である。生来の剛力はますます盛んで、彼が抜き打ちに斬った首は、そのまま三間（五メートル半弱）先まで飛んだという。

彼の暴力を軸に、一味の仕業は上手く回った。回り続けた。

成功に酔い、我が世の春を謳歌する手下どもが、実に幸福そうであったので——ある夜、丹佐の羨望が爆《は》ぜた。

徒党の悉《ことごと》くを鏖殺《おうさつ》し、さて次はどこへ向かうかと考えていたところへ現れたのが王子屋の使いだ。それで彼は椿組を思い出し、北里へ足を向けた。が、獲物は既になかった。憤慨した丹佐は笛鳴らしについて丹念に聞き取るや篠田屋を目指し——そこで、思わぬものを見つけた。

かつて、自らがつけたしるしである。おこうというその遊女には、覚えのある火傷《やけど》があった。長く前髪を被せてはいたが、到底隠しきれるものではない。

女は随分と周囲に馴染み、明るく幸せに過ごしているようだった。

なので――

丹佐は、舌なめずりしてそれを買った。

女の反応は、彼の期待以上だった。丹佐を見るなり驚愕に体を強張らせ、顔を真っ白にして血の気を失った。口だけが陸に揚がった魚のように開閉しており、声のない悲鳴を上げているのだと知れた。嗤笑《ししょう》とともに丹佐は細い肩を掴み、囁いた。

「騒げば、来た者から順に殺す」

過去の凄惨な光景が蘇ったのだろう。途端、糸が切れたように女の手足から力が抜けた。それから丹佐は、臥所《ふしど》に組み伏せた肢体を弄《いじ》りながら、丹念に昔話をした。必死に作り上げたであろう女の殻を砕き、生《き》のままの心をさらけ出させ、じっくりとそれを砕いて、蹂躙《じゅうりん》した。

屈辱と屈服が入り混じる表情を楽しみ、そののち、思うさまに犯した。幾度となくその体を貫いて、身も世もなく泣き叫ばせた。

ひどく愉しかった。あまりの愉悦に、今すぐに壊しては長く楽しめぬと、珍しくも自制までした。

それが、功を奏したようだった。

次の夜に妓楼《ぎろう》に顔を出すと、例の女はもう他の男に買われた後だとにべもない。獲物の分際で、店に泣きついたに違いなかった。なので散々に荒ぶり、脅しつけてから帰った。今後は日参して、あの火傷女を求め続けてやろうと考えている。店の者が、遊女ひとりをどこまで庇うか。それが見物《みもの》だった。

いずれ丹佐の圧に辟易し、屈する時が訪れよう。頃合を見て身請け話を持ちかけてやれば、厄介払いを兼ねて妓楼《ぎろう》は二つ返事で了承するに決まっていた。頼る相手に売られたと知ったその時、あの女がどんな顔をするか。今から楽しみでならない。

笛鳴らしは篠田屋の用心棒であると聞く。ならば女を嬲《なぶ》るうちに、目当ての方から丹佐の前に現れる場合もあろう。それはそれで構わなかった。元からしてそちらが本命なのだから、探す手間が省けるというものだ。

笛鳴らしが先か。火傷《やけど》女が先か。順序が前後するだけであり、結果に違いは生じない。

斯様《かよう》に邪念を巡らすがゆえに。

今宵、眼前に立ちはだかった総髪の剣士は、丹佐の目に好餌としてしか映らなかった。

侮ったつもりはなかった。

けれど菱沼丹佐という男は、想像以上の怪物であったらしい。方治は冷や水をぶっかけられたような怖気《おぞけ》を味わっている。

夜道をすれ違いざまの居合い。それが方治が選んだやり口だった。志乃の調べを元に、丹佐が必ず通る小道を選んで不意打ちを仕掛けたのである。あの長い腕では咄嗟の抜刀が遅れようと睨んでのことだ。これでまず一方の腕を頂戴し、有利を得て押し切る腹積もりだった。

が、この化け猪はやすやすと方治の奇襲を外してのけた。しかも、その折の身ごなしが尋常ではない。迫る白刃《はくじん》の腹を、後から振るった拳で打って逸らすなどという芸当に、方治は生まれて初めてお目にかかった。

「お前が笛鳴らしか。いや——お前が笛鳴らしだな」

舌を巻く方治を眺め、悠然と佩刀《はいとう》を抜き放ちつつ丹佐は断定する。抜き打ちの手並みだけで、十分に使うとわかった。椿組の四人を斬ったというのも頷ける。このような技量の人間が、そうそう居るはずもない。

「なんとも目が利くこった。めーんどうくせェなぁ」

ぼやいた瞬間、丹佐が動いた。巨体からは思いもよらぬ、恐るべき速度の踏み込みだった。大岩の転落の如く押し寄せながら太刀風を唸らせ、雷鳴の気合とともに一閃する。脇差で受けた方治がたたらを踏んだ。横殴りの一刀に、比喩ではなく足が浮きかけたのである。凄まじい剣速であり、剣圧だった。虚を突いて瞬間的に相手を上回る方治の剣とはものが違う。

その圧倒的な暴威は、しかもただ一撃に終わらない。構えは乱れず次の動きに繋がって、二の太刀、三の太刀が狂風となって咆哮する。辛うじて捌き、流しはするが、荒波に翻弄される木切れのように方治の体《たい》は泳ぎ、崩れ、定まらない。ただ防ぐだけで呼吸を乱され、力を消耗させられていく。

速度と手数だけならば仁右衛門が勝るだろう。だが一撃一撃の重みにおいては、比べようもなく丹佐が上だ。仁右衛門が雨ならば、こちらは嵐に他ならない。

得物の差も、無論あった。

方治の長脇差に対し、丹佐が振るうのは巨躯に見合った大太刀だ。これに加えて腕の長さがある。丹佐の間合いは、刀でありながらも長柄かそれ以上に深い。まるで剣を返しようのない天空から、一方的に切り刻まれるかのようだった。致命の傷こそ避けてはいるが、方治の全身は瞬く間に赤く染まっていく。

膂力《りょりょく》と天稟《てんぴん》を利した乱打を、守りを知らぬ猪突と蔑《なみ》することもできよう。だが対峙してこれを破れぬならば、ただの負け惜しみでしかない。丹佐の剣はまさに天狗風の如き蹂躙の剣法――否、殺法であった。

防戦一方の笛鳴らしの手が痺れ、膝が震える。だが丹佐とて真正の怪物ではなく、また方治も二流どころの剣客ではない。笛鳴らしは一瞬の呼吸を盗んで懐へ潜り、踏み込みかけた丹佐の膝を蹴り止めた。刹那《せつな》生じた停滞に鋭く刃を滑り込ませる。銀光一閃、首元へ肉薄したその一刀を、丹佐の太刀が割り入って弾いた。防がれたと見るや斬り返して左、わずかにすり上げるように鎖骨への突きと、方治は目まぐるしく内懐を跳ね回る。このいずれをも三つ首は、小枝でも払うように軽々と受け止めた。止めて強力《ごうりき》で押し返し、内懐から突き出そうと試みる。その力をふわりと流し、更に方治の剣が閃いた。真っ当な相手ならば首へ、丹佐に対しては右の首へ斬り込む形の斬撃に応じ、三つ首はまたも刀を立てる。

方治の狙いは、無論その受け太刀にあった。

餌は撒《ま》いた。一連の剣撃で、丹佐は方治の剣を十分に習い覚えたはずである。そしてその学習を下地とする牙を、方治は備えていた。

刀そのものを標的とした斬撃から、跳ねるように突きへ変じて喉頚を裂く秘剣――即《すなわ》ち、犬笛。

が、しかし。

存分に力を乗せ、防ぎをわずかに凌駕するはずの一刀は、丹佐の剣にがっしりと阻まれた。

関係ない。一切、関係がないのだ。この男の馬鹿げた膂力《りょりょく》の前では、方治の打ち込みの強弱など些細な違いでしかない。丹佐は方治の騙しなど歯牙にもかけていなかった。赤子の渾身を大人が軽くあしらうように、犬笛はごく当然に受け切られている。ここから剣を変化させたところで勢いはなく、切っ先も虚空に逸れるばかりだ。喉笛など噛み破りようがない。

袖無しの羽織から覗く瘤《こぶ》の如き両肩。左右の首にたとえられるそれが、声もなく笑ったようだった。

「なるほど、三つ首丹佐――！」

思わず漏らした直後、丹佐の前蹴りが炸裂した。丸太を突き込まれたような衝撃に、方治は鞠《まり》めいて蹴転がされる。

そうして生じた距離を、けれど丹佐は一歩も詰めない。初めてだった。これほどまで長く打ち合った剣士も、これほどまで執拗に生き延びた人間も。彼の心に、わずかばかりの興味が湧く。

「俺を狙うのはあの女のためか？　それは義憤か？　それとも恋慕か？　どんな正義がお前の根にある？」

だから知りたくなった。この男が何を源に動くのかを。何を壊せば、これは絶望するのかを。

――違う。

刀を杖に立ちながら、方治は思う。

これは断じておこうのためではない。何故なら自分は羨《うらや》んでいる。まだ嫉妬しているのだ、あの娘を。あの娘の上にある、明確な不幸を。

おこうに買われた夜、方治は彼女の瞳を見た。それは冷たく憎悪に澄んでいた。未だ絶えぬ瞋恚《しんい》の炎を滾《たぎ》らせていた。憎しみを抱き続けるのに、薪《たきぎ》となる幸福は欠かせない。ならば黒く純化した殺意の量は、幸福の裏返しだと方治は信じる。奪われたものが、亡くしたものが愛おしいからこそ、傷は深く、癒えないまま血を流す。忘れられずに、いつまでも覚えている。いつまでだって、覚えていられる。

父が居て母が居て弟が居て、愛し愛されただけ幸福である。父が死に母が死に弟が死に、憎き仇に生きて巡り合えただけ幸福である。

幸と不幸は表裏なのだ。そのどちらも持ち合わせぬがゆえに、不幸になれる幸福を、きらきらと眩い不幸せを、方治は未だ羨望する。

こうも醜い感情が、正義などであるはずがない。


笛鳴らしの方治。

今はそう名乗る青年は、武家の嗣子として生を享《う》けた。そしてまだ幼い時分に、父を亡くした。原因は、同僚との諍《いさか》いであったという。口論から始まった争いが、やがて刃傷の沙汰に至った。父は斬られて命を落とし、敵《かたき》はそのまま逐電した。

母が語らなかったので、争いの仔細を方治は知らない。双方の家禄が削られ、しかし双方ともに家名の存続が許されたところから見れば、喧嘩両成敗としていいような経緯《いきさつ》であったのだろう。

方治に憎しみはなかった。長く江戸と藩とに離れて暮らし、ろくに顔も覚えていない父だったからだ。けれど母は父の仇を強く、深く憎んだ。朝餉夕餉に、彼女は父の遺恨を語り続けて方治を育てた。何よりもまず剣を、子供が大人を倒すための剣を学ぶことを強いられた。親しんだ笛は取り上げられ、元服が済み次第、仇《あだ》討ちに出るように命じられた。

我と我が身を鍛え上げ、やがて方治は免状を得て藩を発《た》った。助太刀としてついてきたのは、母が選んだ中間《ちゅうげん》がひとりだけだった。

絵草紙の主役気取りで、すぐに仇を討てるはずだとひと月、ふた月。次第にくたびれ三月《みつき》、四月《よつき》。敵の姿どころか噂にすら出会えぬままに光陰は過ぎ、頼りの中間には雲隠れされ、路銀は尽き果てた。中間なくしては、方治は仇の顔もわからない。恥を忍んで帰郷を決め、どうにか国に帰り着いた時にはもう、旅立ちから数年の歳月が過ぎていた。

食うや食わずの流浪で磨り減った方治を、彼とわかる者は誰もいなかった。懐かしい家を訪ねてもそこに母はおらず、見知らぬ一家が暮らすばかりだった。不審を抱かれながら、それでもどうにか親の行方を尋ねると、母は仏門に入ったのだと知れた。凶刃に夫を奪われ、仇を討ちに出た孝行息子も旅先で死に、世を儚んだ彼女は剃髪《ていはつ》して亡き父子の菩提を弔《とむら》っているのだという。実に感心で、情け深いことだと語り聞かされた。

皆が母を哀れんでいた。彼女の身に降りかかった大きな不幸に目が眩《くら》み、その陰に隠された者など顧慮しなかった。

すとんと、彼は脱力した。奇妙な納得が訪れて、もういいと思ってしまった。

母にとっての真実とはそうなのだ。ならば自分さえ堪えればいい。それで全部、方が付く。それで全て、丸く治まる。

――絶対にないのさ。死者の思惑が生者に伝わることも、その逆もな。

かつて語った言葉には、このような諦念《ていねん》が含まれていた……。

「根っこにあるものなんざ、結局手前のことばっかりさ」

荒い息の下、方治は嘯《うそぶ》く。

これまでならば、そこで終わっていた。羨み妬《ねた》み、ただ見上げ、そのまま諦めて終わっていた。

けれど、今は違う。

「俺はよぅ、三つ首。何の意味もないもんだと決め込んでたのさ。俺の剣など、実を結ばねェ徒花《あだばな》だってな」

仇討ちのために研ぎ上げながら、肝心の敵《かたき》に巡り合えない。剣とは方治の生を象徴する無為だった。そのように思っていた。

「だが、そうじゃあなかった。俺は、あいつを助けられたんだとよ」

だから、今は違う。違うと信じる。

菖蒲の在りようは、やはり方治に妬心を生んだ。父の報仇《ほうきゅう》を背負う境遇に大差はない。だというのに自分と違ってこの娘は、どうしてこうも強く明るく、真っ直ぐ前を向けるのか。疎みながらも目を離せずいるうちに、理解した。

　時に迷い、時に惑い、間違えては傷ついて、それでも彼女は足を止めない。方寸のどこかに灯火《ともしび》を宿し、我から望んで暗がりを行く。歩く道に悔いや無念があろうとも、自身の決断として受け入れる覚悟を備えているのだ。

　対して顧みれば、我が身は何ひとつ選択しないままだった。用意された道筋を唯々諾々と、背を押されながら行くだけだった。理由を他人ばかりに求め、自らは決して踏み出さないままにいた。傍観と諦観の正しさを信じ込んできた。だからだろう。全てが遠く、皮膜越しの出来事めいて感じられたのは。笛鳴らしはただ拱手《きょうしゅ》して、眺めているだけだった。

　そうした方治の景色に、菖蒲は鮮烈な光を見せつけた。

　手の届かない理想を、そうなりたかったものをひけらかされて、方治は暗い感情を抱《いだ》いた。

　けれど嫉《そね》むのは憧れるからだ。妬《ねた》むのは輝きを認めるからだ。裏を返せば方治の目に、あの花はひどく眩く麗《うるわ》しかった。無慈悲な風から、きっと守ろうと思うほどに。

　それは花のための心ではあるまい。あくまで我利我欲の自己満足だ。しかし。

――何を糧《かて》に咲くのだっていいじゃないか。

鼓舞するように、囁きが蘇る。

――根っこに何があったって、手を伸べられればとても嬉しい。その時そこに居合わせて、何かしようと思ってくれた人がいる。それだけで十分救いなんだ。

正しくないから、完全でないからなどとは笑い種《ぐさ》だ。それこそ動かない言い訳でしかない。日々の助けとなるのは、不完全であろうと働く偽善だ。そう思い至った時、醜く浅ましい心の上に別のかたちが現れた。

「そうしたらよ、可笑《おか》しいじゃねェか。俺はそれだけで、胸を張れるように思えたのさ」

陋劣《ろうれつ》が反転し、無意味が意味を成し、まぶたの奥の暗闇に、小さな明かりが灯った。誰かを救うということは、自分を救うことだった。

「きっと、わからねェだろうな。つまりはそれが理由だ。お前の首を狙うのは、お前がそういう生き物だからさ」

構え直した方治を見やり、丹佐は落胆の息を吐いた。悟った坊主めいた言いざまに、興味はすっかり失せている。

「もういい。飽きた」

　吐き捨てて、ぞろりと太刀を担ぐ。寸刻みに解体してみようと思った。どこまで刻めば悟入《ごにゅう》したような舌が止まり、命請いを始めるか。それを試す方角へ気が向いていた。

　猛毒の殺意が放射される。怒涛の如く丹佐が押し寄せようとしたその寸前、方治が動いた。なんとくるりと背を向けるや、彼は逃げに移ったのである。さしもの丹佐も予期しない仕業だった。唖然として出遅れ、笛鳴らしを一瞬、ただ見送る格好になる。

　嘲弄《ちょうろう》めいたこの振る舞いに、三つ首は赫怒《かくど》した。

　が、命惜しさの醜態《しゅうたい》など何度も見ている。即座に気を静め、大股に駆けた。斬り捨てるのではなく、しるしをつけることにしよう。そのように考え直していた。火傷《やけど》女を先にするのが面白かろうと思いついたのだ。

　手傷のせいか、笛鳴らしの足取りは覚束ない。追う丹佐との距離はたちまちに縮まる。まずはひと太刀くれて足を止め、目を潰すか鼻を落とすか唇を削ぐか。三つ首は威嚇の如く吼え――直後、その肩に激痛が走った。

「何――!?」

　思いもよらぬ感覚に、丹佐の思考が止まる。状況も忘れて己が身を確かめ、それが方治の剣によるものだと悟って愕然とした。

まるで背《せな》に目があるかのように。

追うことばかりに狭窄し、間合いの利を忘れた丹佐が殺到した瞬間を見極めて、方治は腕を回してその右肩へ斬りつけたのだ。耳木菟《みみずく》。背を見せたままに人を斬る、不意打ちの剣だった。

しかし、深手ではない。

所詮は騙し晦ましの、曲芸のような太刀筋である。もし正面からこれを受けたなら、丹佐は小揺るぎもしなかっただろう。しかし意識の死角を穿《うが》つ絶妙の一刀は、三つ首を惑乱に陥れ、その体を凍りつかせた。

生じたひと呼吸のうちに方治は反転。左手へ、たった今傷つけた丹佐の右の首の側へ低く飛ぶ。肩口で地を擦るほどに低く鋭い跳躍が、丹佐の目から方治の姿を失わせる。足まがり。蜘蛛の糸のように。あるいは恨みのように。方治は丹佐の足にまといつく。尋常の立ち合いならば到底使えぬ奇剣が、飛び違いざまに膝裏を高く夜天まで斬り上げた。

絶叫が轟《とどろ》く。しかし痛覚のみで麻痺するほど、丹佐は手ぬるい相手ではない。地べたを転がった方治を串刺しにせんと刃を突き込む。が、わずかに遅い。右肩の切創が太刀行きを鈍らせた。僅差で方治は掻い潜《くぐ》って跳ね起きる。

瞬《まばた》きの間《ま》に、戦況は逆転していた。確かに菱沼丹佐は天性の猛獣だった。しかし知恵を尽くし策を巡らし、獣を狩るのが人なのだ。笛鳴らしの罠は、見事巨獣を絡め取ったと見えた。とはいえ、方治の顔に余裕の色はない。丹佐ほどではないが、彼も満身創痍なのだ。加えて、手負いの獣の凄まじさは世に知れたことである。右手右足を封じたとて油断はならない。

だからじりじりと、丹佐を中心に方治は回る。弱り具合を見極めんと、間合いを半歩外して揺さぶっていく。見ているだけで喉がひりつくような、精神のせめぎ合いだった。永遠に続くかとも思われた拮抗は、丹佐が動くことでついに破れた。

地を震わさんばかりの咆哮を上げ、三つ首は手傷などないかのような身ごなしで一刀を唸らせる。恐るべきことに、それはこれまでで最も速く、最も強い斬撃だった。けれど颪に吹かれる木の葉のように、方治はこれを外した。如何《いか》に速かろうと、如何に強かろうと、真っ正直が過ぎる。このような剣に斬られる者はいない。

刀の戻しにつけ込んで、ふわりと方治は身を寄せる。使う剣は右袈裟。これに丹佐の受け太刀が、辛うじて間に合った。受け切って押し崩す意図で満身の力を込め、途端、踏ん張った足と動かした右肩とが激痛を発した。深手を顧慮せず、常《つね》通りに四肢を動かした報いだった。

除ける。

不覚にも膝が崩れる。握りが弱まり、指が滑る。方治の剣が、丹佐の太刀を弾いて
除ける。

そして、川面を切る石のように。存分に力を残した刃は、跳ねて真一文字の斬撃を突きへと変える。切っ先が丹佐の喉頸を抉《えぐ》り、続く刀身が肉を斬り開いてゆく。生じた割れ柘榴《ざくろ》の如き傷から、ひゅーっと高く笛めいた息の音《ね》が漏れた。

一度《ひとたび》は正道から外れ、しかし舞い戻って本懐を穿《うが》つ犬笛のかたちだった。

信じられぬものを確かめるように、丹佐が傷口に触れた。触れて、押さえた。大きな手のひらだったが、それでどうなるわけもない。指の隙間よりとめどなく血はあふれ、赤く羽織を染め上げていく。

「好き勝手幸せに生きたろう？　そんならここらで太く短く、幕としようや」

飛び下がり、残心を取って方治が呟く。その言いだけは許さぬとばかりに、凄まじく丹佐の顔が歪んだ。唇が動き、言の葉を紡ごうとした。が、果たせない。

身の内に残った命をそれで使い切ったか。

異形の巨躯は、音を立てて路傍に転げた。

＊　＊　＊

暁の前に、方治は篠田屋に戻っていた。

一足先に手当てを済ませ、血に濡れた脇差も、襤褸《ぼろ》に成り果てた着流しも、ひとまずは志乃に任せている。あの遣手《やりて》が片付け上手なのは知れたことだ。丹佐の骸《むくろ》の処理まで含めて、これにて一件落着とすっかり呑気を決め込んでいた。

「よう、おこう。聞いたかい？」

ちょうど行き合った女へ声をかけてしまった迂闊《うかつ》は、その気の緩みゆえだろう。

「あの、何をです？」

きょとんとした顔に、方治は己のしくじりを悟る。昨夜の斬り合いの結果など、妓楼《ぎろう》の女が知るはずもない。しまったと舌を打ったが、今更吐いた言葉は呑み込めない。

腹をくくって方治は続けた。

「お前の言ってた例の客、な」

「……あ、はい」

好ましい話題ではないから当然だが、おこうの顔と声とが硬くなる。

「ちょいと調べさせてたんだが、今朝、川面に浮いてるのが見つかったってよ。斬り死にだ。恨みの数が多かったのかねェ」

凍りついていたその表情が、直後、驚きに塗り替えられた。寝耳に水の報せに目をまん丸く見開き、それから深く思案に沈むようにまぶたを閉じる。細面《ほそおもて》を様々な色が行き過ぎ、やがて、

「――そっか。そっかぁ」

自らの両手を胸で重ねて、ため息のように呟いた。

それを心の区切りとしたらしく、おこうは常の笑みを浮かべてみせる。

「本当でしたね。せんせの言った通りです」

「あん？」

「怖いこと、なくなりました。ありがとうございます」

告げられた感謝は、ひどく優しく方治を笑ませた。ほんの少しだけ、また胸を張れるように思う。

「いいや、俺は何ひとつしちゃあいねェよ。ちょいと早耳だったったってだけさ」

「でも、わたしのために人を使ってくださったみたいですし」

「ん？　ああ、そりゃまあ、な」

死骸を川に浮かべるとは志乃から聞いていたことだったが、調べさせた云々は誤魔化しを塗り固める言い繕いである。そんな出任せにまで礼を述べられ、方治は居心地

悪くへどもどした。それからふと怪訝を覚えて、おこうを見つめる。

「……？　どうかしました、先生？」

「おう、なんてェのかよ。あんまり、喜ばねェんだなと思ってな」

諸手を上げて快哉《かいさい》を叫ぶか、他所《よそ》に敵《かたき》を奪われたと憤るか、もっと早くそうなってくれていればと改めて嘆くか。喜怒哀楽いずれの体《てい》を取るにしろ、激情の表出があるだろうと方治は踏んでいた。その様を見たいと望んだわけではないが、いささか肩透かしの感を覚えたのは否めない。

すると、おこうは静かに笑った。

「方が付いたのだったら忘れてやります。あいつのことなんて、綺麗さっぱり。だっていつまでも憎んでいたら、あいつがずうっとこの世にのさばってるみたいじゃありませんか。だから忘れてやるんです。もう、なんとも思ってやらないんです」

「なるほどねェ……」

こうも強《したた》かな忘却もあるのだと、膝を打って方治は唸る。彼女はきっと、よい思い出だけを抱き締めて生きていくのだろう。

「いやはやおこう。お前も、好い女だなァ」

つい心情を呟くと、不意を打たれたのか、おこうはわっと赤面をした。

「急に持ち上げたって誤魔化されませんからね。そもそも、『も』ってなんですか。『も』って」

言いながらふわりと方治に寄って、手の甲を軽く抓《つね》る。

「というかですね。わたしが恨んでるのは、目下せんせのことですよ？」

「いやいや、そいつァきっと濡れ衣《ぎぬ》だぜ」

肩をすくめてみせると、おこうは腰に手を当てて、下から方治を睨め上げた。

「いーえ。せんせはわたしに買われたくせに、夜中どこかに消え失せてしまうひどい人です。寂しかったんですからね」

「ああ、いや。そこは確かに悪かった。だがよぅ」

言い逃れようとする方治の口を、指と指を絡ませることでおこうは遮る。前髪の向こうから拗ねた瞳を覗かせて、「せんせ」ともう一度、舌っ足らずに呼ばわった。

「本当に悪いと思ってるなら、今度はちゃんとせんせのお金で、わたしを買ってくださいね？」

「……」

「……」

たっぷりとひと呼吸、ふたりの視線が絡み合う。だが、

「だからよぅ、おこう。そういう手管は、もっと甲斐性のある男に使え」

「ざーんねん。また、見破られてしまいました」

短く笑って方治が返したので、おこうもまた節をつけておどけてみせて、この話は、それで冗談ということになった。


部屋に戻る頃には、金瘡《きんそう》が熱を持ち始めていた。

上手く回らない頭のまま、方治は壁に背中を預ける。ずるずると自堕落に座った。本来なら眠るべきなのだろう。けれど、まだ眠りたくなかった。

「やーれやれ、血の巡りが悪いったらねェぜ」

目覚め出した色里のざわめきを聞きながら、ひとりごちる。

この手は万里に届かない。だからせめて腕《かいな》の範囲の花たちくらいは守ろうと、そう思った。だが今更に気づいたのだ。相似の言葉を、とうに聞いていたことに。

――私は善人じゃあございません。自分の周りさえ良ければと思うばかりの小悪党です。

おそらくは三十日衛門も、同じ穴の狢《むじな》なのだ。だからこうも奇妙な妓楼《ぎろう》を営み、あの日、方治を拾った。

偶然の不可思議さに感じ入る。ひどく大きなものの仕組みを、ふと覗き見たように思った。

おこうと丹佐のように。自分と三十日衛門のように。風車《かざぐるま》と風のように、誰かと誰かがこの瞬間にも関わっている。惹かれ合い睦み合い憎み合い殺し合い、繋がり合って寄り添っている。奪い奪われ、救い救われ、妬《ねた》み羨み欠けて満ち。その凹凸で噛み合って、人と憂き世は回りゆく。

きっと、そういうものなのだろう。

ぼんやりと彷徨《さまよ》う視線が欄間《らんま》を過ぎ、彫られた花の形が目に映り込む。もう菖蒲ではない娘の顔が眼裏《まなうら》に浮かび、不意に空虚が胸にあふれた。手を当てて、心の中のやわらかな欠落に触れる。だがそれは、傷痕では決してなく——

今ならば、向かい合えると思えた。今度こそ、綺麗さっぱり忘れてやろうと思った。

古い文箱《ふばこ》を探るように、ゆっくりと方治は記憶を手繰る。

鍵を失くし開け方を忘れ、長く封をしたままだった箱の中身は、あたたかいばかりでも、やさしいばかりでもなかった。けれどももたらされた鈍い疼《うず》きは、息が詰まるほど懐かしく心の琴線を震わせた。その痛みこそが、確かに幸せがあった証《あか》しだった。

備えていたのだ。幸も、不幸も。

時を経《へ》れば、どんな輝きも変質する。だが終着の姿ばかりを見て、何もかもが失われたと考えるのは早計だ。たとえ今が翳《かげ》ったとしても、過去までが色褪せるわけではない。

あいつがいなけりゃ、こんなこともわからず終いだった。透き通った感情で方治は微笑《わら》う。

――それでも。私を、忘れないでくれ。

あの時、自分は頷けただろうか。真っ直ぐに触れ合えただろうか。鈍い熱が、体の芯を疼かせる。けれど傷は異物ではない。この痛みまでも含めて自分なのだ。そう思えた時、ひどく懐かしい場所へ帰り着けた気がした。

億劫さを感じる体に鞭を打ち、文机に手を伸ばす。しまい込まれていたのは手製の笛だ。決して渡すことはないと知りながら、それでも作った竹笛だった。ゆっくりと息を吹き込めば、澄んだ音《ね》がしんと静かに流れ出す。

この曲を教えてくれたのは母だった。郷愁とも惜別ともいわれる響きは、ともに父を待ちながら奏でたものだった。結局、あの時は母に会わぬまま国を出た。もし行儀良く諦めず、直接に顔を合わせていたなら、言葉を交わしていたなら。何か違っていたのだろうか。

もう、届く声はないけれど。まぶたに残る面影たちが笑うよう、思いの丈を調べに変える。

それで忘れるためか。

それを忘れぬためか。

旋律は続く。呼ばわる花の名も知らぬまま、ただ、一心に。

笛を耳にした者は皆、手を休め、足を止めて、ふと目を閉じた。

誰の胸にも寂しさを呼び起こし、けれど淡く笑ませもする。

音色は、まるで恋のようだった。

二上圓
ふたがみまどか
定廻り同心と首打ち人の捕り物控
ケダモノ屋
熱血同心の相棒は
怜悧な首打ち人
ある日の深夜、獣の肉を売るケダモノ屋に賊が押し入った。また、その直後、薩摩藩士が斬られたり、玄人女が殺されたりと、江戸に事件が相次ぐ。中でも、最初のケダモノ屋の件に、南町奉行所の定廻《じょうまわ》り同心、黒沼久馬《くろぬまきゅうま》はただならぬものを感じていた……そこで友人の〈首斬り浅右衛門《あさえもん》〉と共に事件解決に乗り出す久馬。すると驚くことに、全ての事件に不思議な繋がりがあって――
二上圓
定廻り同心と首打ち人の捕り物控
ケダモノ屋
この男達にかかれば
解けぬ謎なし!?
時代小説
◎定価：本体670円＋税　◎ISBN978-4-434-24372-1　◎Illusraiton：

タイムスリップファンタジー

著者累計
60万部
突破!
川口雅幸の感動
からくり夢時計
DREAM ∞ CLOCKS
ハードカバー
からくり
DREAM ∞ CLOCKS
夢時計
川口雅幸
『虹色ほたる』の川口雅幸最新作!
タイムスリップ感動ファンタジー
14万部突破!
この鍵って一体……
それはね、言うなれば「時の鍵」だよ
定価：本体1500円+税
軽装版
からくり
夢時計
川口雅幸
冬の定番ロングセラー
軽装版化!
感動の
タイムスリップファンタジー
『虹色ほたる』の川口雅幸が贈る
かけがえのない奇跡の物語
定価：本体1000円+税
文庫版
からくり夢時計
上
下
川口雅幸
感動のタイムスリップファンタジー
上下巻各定価：本体570円+税
UFOが
くれた夏
A Summer with UFO
ハードカバー
UFOがくれた夏
川口雅幸
運命というのは
自分自身で切り開いていく
ものなんだ——
定価：本体1700円+税

この作品に対する皆様のご意見・ご感想をお待ちしております。

おハガキ・お手紙は以下の宛先にお送りください。

【宛先】

〒150-6005 東京都渋谷区恵比寿 4-20-3 恵比寿ｶﾞｰﾃﾞﾝﾌﾟﾚｲｽﾀﾜｰ 5F
（株）アルファポリス　書籍感想係

メールフォームでのご意見・ご感想は右のＱＲコードから、
あるいは以下のワードで検索をかけてください。

アルファポリス　書籍の感想　検索

ご感想はこちらから

アルファポリス文庫

居残《いのこ》り方治《ほうじ》、憂《う》き世笛《よぶえ》

鵜狩三善（うかり みつよし）

2019年 4月 3日初版発行

編　集－反田理美
編集長－塙綾子
発行者－梶本雄介
発行所－株式会社アルファポリス
〒150-6005 東京都渋谷区恵比寿4-20-3 恵比寿ｶﾞｰﾃﾞﾝﾌﾟﾚｲｽﾀﾜｰ5F
TEL 03-6277-1601（営業）　03-6277-1602（編集）
URL http://www.alphapolis.co.jp/
発売元－株式会社星雲社
〒112-0005 東京都文京区水道1-3-30
TEL 03-3868-3275
装丁イラスト－永井秀樹
装丁デザイン－AFTERGLOW
印刷－中央精版印刷株式会社

価格はカバーに表示されてあります。

落丁乱丁の場合はアルファポリスまでご連絡ください。

送料は小社負担でお取り替えします。


ISBN978-4-434-25732-2 C0193